왕국
3

비밀의 화원

**OKOKU sono 3,
Himitsuno Hanazono**
by Banana YOSHIMOTO

Copyright © 2005 by Banana Yoshimoto
All rights reserved.
Japanese original edition published by Shincho-Sha
Publishing Co., Ltd., Japan.

Korean Translation Copyright © 2008, 2011 by Minumsa

Korean translation rights arranged with Banana Yoshimoto
through ZIPANGO, S.L..

이 책의 한국어 판 저작권은 ZIPANGO, S.L.을 통해
Banana Yoshimoto와 독점 계약한 **(주)민음사**에 있습니다.

저작권법에 의해 한국 내에서 보호를 받는 저작물이므로
무단 전재와 무단 복제를 금합니다.

왕국
3

비밀의 화원

요시모토 바나나

김난주 옮김

민음사

차례

왕국 3

비밀의 화원 ● 7

옮긴이의 말 ● 181

거슬러 올라가 곰곰 생각해 보면, 피할 수 없었던 그 슬픈 일은 신이치로 씨가 현재의 상황을 바꾸려고 한 데서부터 시작되었던 것 같다.

단단하다고 여겼던 토대, 연애의 기초가 사실은 아슬아슬하게 겨우 균형을 유지하고 있다는 것을 우리는 어렴풋이 알고 있었다. 그리고 그것을 어떻게든 보강하려다 실패한 것이다. 흔히 있는 일이다.

나는 외롭고, 따분했다. 그래서 그를 좋아하게 되었다.

그리고 그는 자신의 생활에서 벗어나고 싶어 했다. 그런

참에 내가 새롭게 등장해서, 단숨에 힘을 얻었다. 거기에는 분명 진실한 것이 있었지만, 아무리 예쁘게 포장을 한들 어쩔 수 없다.

그것은 정말 흔히 있는 일이지만, 그래도 나와 그에게는 인생에 단 한 번이었다.

돌이켜 보면, 역시 '인생의 한때를 그와 함께 지낼 수 있어 다행'이었다고 생각한다.

그 축제 같았던 한때를 경험하길 잘했다. 경품이 두 손 가득 남았다.

그 사람과 함께 보는 별 돋은 하늘이 좋았다. 함께 걸을 때의 속도도 딱 알맞았다.

흙을 매만지느라 구부린 등도 좋았고, 차분한 말투와 조금 쉰 목소리, 나를 데리러 왔을 때 핸들을 돌리는 그 동작까지 좋았다.

그저 싫증내지 않고 몇 번이든 보는, 가까이 다가서고 싶어지는, 그런 것이 사랑 아닐까.

가을 내내 신이치로 씨와 나는 함께 살 집을 찾아다녔다.

그 나날은 신이치로 씨와 내게 가장 멋진 추억이라고 할 만큼 좋은 시간이었다.

매일 꿈속에서도 집을 찾았다.

나는 꿈속의 거리에서 신이치로 씨와 함께 집만 생각하며 걸었다.

저런 집도 좋겠다, 이런 집도 좋을 것 같아, 하며 우리는 집을 가리킨다.

꿈속의 우리 둘은 현실에서 집을 찾아다니는 우리보다 한결 즐거워 보였다.

둘은 늘 싱글벙글 하늘 높이 날아오를 듯이 빛났다. 오래 걸었는데도 다리 아픈 줄을 모르고, 여행이라도 하는 느낌이었다. 집을 찾는 동안은 매일 만날 수 있네, 하면서 손을 잡고 걸었다. 꿈속에는 부동산 업자도 열쇠도 집세의 제한도 없었다. 원한다면 호화 주택도 볼 수 있을 기분이었다. 꿈속의 거리에는 알록달록한 탑이 서 있고, 저 멀리로는 높은 빌딩가가 마치 미래 도시처럼 아련하게 보였다.

별이 총총한 밤하늘 아래 쭉 뻗어 있는 외길을 터벅터벅 걷기도 했다. 싸늘한 바람이 윙윙 불고, 공기가 달콤했다. 꿈속에서는 별이 유난히 반짝거렸다.

나는 맞바람을 맞으며 절절한 마음으로 신이치로 씨에게, 언제까지나 함께 걷자고 말하고 싶었다.

말하고 싶어 참을 수가 없는데, 왠지 말하지 못했다.

별이 너무 반짝이고, 그것을 올려다보는 신이치로 씨의 옆얼굴이 고결하고 근엄해서, 말을 걸 수 없었다. 왠지 말할 수 없었다.

하지만 현실에서 집을 찾는 일은 꿈속 같지 않았다. 그저 그런 하루하루가 반복되었다.

갖가지 기묘한 집을 본 것은 흥미로운 경험이었다. 풋, 하고 웃음이 터져 나오는 장난스러운 집도 있었다.

예를 들면 앞에 조그만 상점가가 있는 원룸. 유선방송을 방방 틀어 놓아, 여기 살다가는 머리가 좀 이상해질 것이라고 생각했다.

"이 집에 살면, 줄곧 저……."

나는 그렇게 말하면서 창문 바로 아래 전신주에 매달려 있는, 활짝 핀 나팔꽃 같은 스피커 두 개를 가리켰다.

"스피커 두 개에서 흘러나오는 소리를 들어야겠네요."

"그래도 밤에는 틀어 놓지 않습니다."

부동산 업자가 말했다.

대단하다! 질문에 대한 대답이 아니다. 마치 국회에서 벌어지는 질의응답 같다고 생각했다.

"그래도 주말에 내내 집에 있게 되면……."

"그래 봐야 일주일에 이틀 아닙니까."

일주일에 이틀을 이런 곳에서 지내야 하는 것은 당신이 아니라 이 집에 사는 사람이죠, 하고 생각했지만 말은 삼켰다.

그리고 창문을 열려면 발판이 필요한 집도 있었고, 빙빙 돌아가는 나선형 계단에 한 층밖에 되지 않을 높이에 다락방을 만들어 놓은 집도 있었다. 여름에 그 방에서 자면 창문으로 쏟아지는 아침 햇볕 때문에 쪄 죽을 것이라고 생각했다.

그리고 무슨 수를 써도 하루 종일 볕이 들지 않을 반지하 집도 있었다.

부동산 업자는 이래저래 까다롭게 구는 내게 신물이 나는지, 또 그런 식으로 말했다.

사람은 저마다 중히 여기는 것이 다르다. 그것은 역에서 걸리는 시간일 수도 있고, 혼자가 될 수 있는 방일 수도 있고, 모두 제각각이다. 내게는 햇볕과 일터와의 거리다. 이곳은 산이 아니니까 멋없는 풍경도 많다. 매일 같은 길을 걷다 보면 질리고 만다. 그러니까 가능한 한 모든 것이 가까운 편이 좋다. 나는 일터인 가에데의 집까지 걸어갈 수 있는 곳에 집을 얻고 싶었다.

그런 설명을 몇 번이나 했는데, 부동산 업자가 결국은 돈으로 얘기를 귀결시키는 점도 흥미로웠다. 우리는 단 한 번도 "더 싼 집을 보여 주세요."라고 말하지 않았는데, 마술을 부리듯 얘기는 알게 모르게 돈으로 돌아가고 만다.

사람과 사람 사이인데 이렇게도 얘기가 통하지 않다니, 더구나 무슨 종교나 생명에 관한 얘기를 하는 것도 아닌데 정말 대단하다. 나는 웃음이 나오는 동시에 등골이 서늘해졌다.

나는 당연하게 여기는 일이, 남에게는 당연하지 않다. 그렇다면 과연 어떻게 살아가야 하나? 되도록 같은 것을 당연하게 여기는 사람을 찾아 같이 살라는 말인가?

물론 저절로 그렇게 되어 갈 테지만, 늘 그럴 수만은 없기에 가끔은 다른 세계에 사는 사람을 만나게 된다. 외국인보다 먼 사람들. 나는 장난스러운 말투로, 하지만 분명하게 설명한다.

당신과 나는 다르다는 전제 아래 상대로 하여금 상상해 보도록 유도한다.

만약 당신이 식물을 키우는 일을 한다면 어떻겠어요? 식물을 키우고, 말리려면 충분한 일광이 필요하겠죠. 일조량이 적은 곳에 살면 일거리가 줄어들 가능성도 있겠지요? 그리고 실내에서 키울 수 없는 식물도 있으니까, 방은 좁아도 상관없지만 베란다는 꼭 있어야 해요. 음, 그러니까, 역 앞에 있는 부동산과 사람들이 다니지 않는 길가에 있는 부동산을 생각해 보면 알 수 있겠지요. 우리 수입에도 영향을 미칠 수 있어요.

그렇게 돈을 중심으로 비유하면서, 머리깨나 썼다.

그러자 뜻밖에도 통했다. 이런 경우의 공통 언어는 '돈은 중요하다.'이다.

그리고 신기하게도, 통하는 순간 눈앞에 있는 사람이 점점 인간다워졌다. 말의 힘이란 정말 엄청나다. 믿지는 않아도 굉장한 도구라고 생각했다.

물론 할머니와는 말을 그렇게 사용하지 않아도 좋았다. 굳이 말을 하지 않아도 통했기 때문이다. 함께 살거나 함께 일한다는 것은 말하지 않아도 그렇게 통하는 것이라고 생각했다. 그렇다고 할머니가 말을 전혀 하지 않은 것은 아니다. 무슨 일이든 나는 설명을 들으며 자랐다.

부모가 없는 나도 설명을 들으며 자랐는데, 부모가 있을 이 사람들이 어쩌면 그렇게도 설명을 듣고 상상해 본 일이 없을까 하는 것이 가장 이해하기 어려웠다.

자식이 자라는 동안 부모는 대체 뭘 한 것일까?

매일 만났을 텐데. 그리고 내일도 만날 수 있을지 사실은 알 수 없는데. 좋아하는 그 사람들을.

몸이 저리는 그 실감이 나를 움직인 동력이었는데, 다른 사람들은 어떤 힘으로 움직이는 것일까?

도쿄에서는 마당을 질러 가는 바람이 서늘해지면 겨울

이 온다.

나는 도시에서 보내는 겨울이 좋았다. 점점 좋아졌다.

산속에서 보내는 겨울도 좋았지만, 추위를 몹시 타는 내게 도시의 겨울은 남쪽 나라 같았다. 겨울이면 손이 트는 끔찍함도 없었다. 살갗이 터지면서 피가 배어 나오는 특유의 아픔을 잊어 가고 있었다.

달랑 코트만 걸쳐 입고 거리로 나서서 걷다 보면 몸이 따끈따끈해진다. 얼굴이 달아오르면서 마침 적당한 햇살 같은 것이 손가락 끝까지 내 몸을 감싼다. 그것은 왠지 달콤한 느낌이고 얼굴 주위가 빛나는 기분이다. 몸속은 따끈한데 겉은 싸늘해서, 상쾌한 바람이 몸을 에워싼 듯했다.

그 첫 느낌은 마약처럼 나를 사로잡았다.

그야말로 도시에 사는 즐거움이었다.

나는 혼자서도 종종 몇 시간을 걸었다. 그저 몸을 데우기 위해서. 아무 곳도 보지 않고, 아무 소리도 듣지 않고, 오로지 걷기 위해서.

밤이 되면 어둠이 살짝 짙어지면서 상점가의 불빛이 한결 선명해 보이고, 코로 숨 쉬는 공기가 신선하게 느껴졌다. 모두가 조금은 외롭게, 그리고 따스하게 보였다.

마치 기분 좋은 꿈을 꾸는 것처럼, 아련하게 번지는 밤 풍경.

계절 따위는 없어 보이는 거리 풍경이지만 자세히 들여다보면 갖가지 암시가 내포되어 있다.

물든 이파리가 다 떨어지고, 별빛이 맑아지고, 입김이 하얘지고, 여기저기서 모닥불을 피운 것처럼 재 냄새가 나고……. 모두가 지난 일 년을 절절하게 돌아보기 시작하는 시기, 헤아릴 수 있는 시간 만큼만 이 세상을 살 사람들 저마다의 몇 번째 겨울이었다.

네모나게 빛나는 갖가지 창문의 불빛을 바라보면서 나는 매일 그런 생각을 했다.

그렇게 사소한 일로 쉬 행복해질 수 있는 나. 그것은 행복과는 약간 다른, 등줄기가 조금은 서늘하고 홀연 사라져 버릴 듯하면서도 살아 있음이 뱃속에서 불타오르는 그런 느낌이다.

그렇게 조금씩 나는 도시 생활에 익숙해졌다.

처음 왔을 때는 절대 익숙해지지 못하리라 생각했는데, 완전히 녹아들고 말았다.

이제는 돌아갈 수 없을지도 모른다. 이곳은 산보다 안전하고 쾌적하다. 지네와 거머리를 걱정할 필요도 없고, 공기는 더럽지만 죽을 정도는 아니다. 별도 더러는 볼 수 있다.

그리고 도시를 걸으면서 그려 가는 나만의 지도를 강아지와 산책하듯 점검하는 느낌이 조금은 산을 걷는 기분과 비슷했다.

 게다가 이곳에는 해야 할 일이 있다. 뭐니 뭐니 해도 그것이 가장 좋다.

 가에데가 일본에 없는 동안, 나는 내가 이 장소에 있는 필연성을 전혀 느낄 수 없었다.

 이곳에 있는 것이 너무도 무의미해서, 혹시 내가 그들의 짐은 아닐까? 하고 생각하면 마음이 한없이 무거워졌다. 아무리 방을 치우고 자료를 정리해도 의미가 없었다.

 살아 있는 가에데의 하루하루 흐름에 도움이 될 수 없다면 내가 있을 이유가 없다. 자료를 정리하고 예약을 확인하고 전화 내용을 전하는 정도라면 상식 있는 아르바이트생을 쓰는 편이 훨씬 효율적이리라.

 신이치로 씨와 연애를 하고 있지만 서로 멀리 떨어져 있고, 집을 지키면서 손질하지 않으면 엉망이 되는 환경인 것도 아니다.

 두 사람이 돌아와 시간이 원래대로 돌아가기 시작하자 나는 겨우 되살아났고, 무언가가 흐르자 그제야 왜 내가 이곳에 있는지 느낄 수 있었다. 피부로, 눈으로, 귀로. 자신이 있는 의미, 자신의 장소가 있는 의미를 알 수 있었다.

 의미가 없는 존재로 지내다 보면 머릿속의 목소리가 점

점 커진다. 머릿속으로 늘 무언가를 주절주절 생각했던 그 시기를 지나면서 나는 내가 살아 있다는 것을, 그리고 지금 어떤 흐름 속에 있는지를 분명하게 이해했다.

그리고 문득 산속 생활을 생각해도 깨끗한 공기와 희미한 이미지와 뒤엉킨 녹음 외에는 아무것도 떠오르지 않게 되었다. 청결하고 메마른 그 집, 할머니와 살았던 그 집의 인상뿐. 점차 엷어지고 윤곽이 흐려졌다. 이제는 꼼꼼하게 더듬어지지 않는다.

그래도 눈에 보이지 않는 것까지 포함해서 세상의 모든 것이 빼곡하게 들어찬 풍요로움을 이곳에서는 만끽할 수 없으니까, 가끔은 간절하게 그리워진다. 더는 아프지 않다. 다만 멋진 영화의 잔상처럼, 그 나날들에 포근하게 감싸인다.

별과 공기와 풀과 나무와 정령이 한데 어우러져 서로가 아우성치는, 숨만 쉬어도 에너지가 들어오고 눈만 뜨고 있어도 생명의 빛이 쏟아지는 그 풍성한 느낌은 산만의 것이다.

가끔 어쩌다 그것들이 쓰윽 흘러 들어오면, 마치 갓 짜낸 주스를 마신 것처럼 달콤하고, 그 순간 살아 있음을 실감한다.

산에서는 숨을 죽이고 있어도, 윤곽이 뚜렷하고 강해도, 자기 삶의 양식을 분명히 하지 않으면 살 수 없는 그런 긴장감이 있었다.

살아 있는 자신이 지금 여기에 참가하고 있다는, 내가 이 세계의 조그만 한 부분이라는, 움직이며 흘러가는 이미지가 있었다.

도시에서는 바짝 정신을 차리지 않아도 살 수 있어서, 특히 마음이 약해졌을 때는 편했다.

그리고 외부에서 온 내게는 현대 사회를 사는 '사람들' 전체가 때로 기묘한 꿈을 꾸고 있는 듯이 느껴졌다.

옛날로 돌아가고 싶은 마음은 조금도 없었다. 사람들은 여러 가지 일을 분담하면서, 평생 노동과 그 사이의 휴식 밖에 없는 구조를 어떻게든 변화시키려는 시행착오의 반복 속에 있는 듯이 보였다. 그것은 좋은 일이었다.

그런데도 산에서는 인생의 길고 짧음을 늘 생각할 수밖에 없었다는 사실을 절실하게 느꼈다.

산속에서는 무엇을 보고 듣든, 가령 대야 속에 빠져 죽은 벌레 하나도 모두 그것과 연관되어 있었다. 산속에서는 생명이란 정말 치열한 것이었다. 알게 모르게 빼앗기기도 하고, 또 상상할 수 없는 은총으로 오래 살아남기도 한다. 그런 상황이 당연한 가운데, 자신의 가치를 발견하기가 어려운 대신 자신이 죽는 것은 외로운 일이 아니었다. 어느 날 불현듯 전체에 녹아드는, 다만 그 정도로 생각할 수 있었다.

사람들이 많은 도시에서는 생명의 길고 짧음이 잘못된 실에 묶여 있는 듯이 여겨졌다.

모순이 없는 상상 속에서는 무슨 일이든 순조롭다. 그러나 열에 들떠 무언가를 외면하고 지은 성은 부실해서 무너지기 쉽다.

이곳에서 아이들은 어중간하게 금방 어른이 되고 만다. 그래서 하찮은 일들로 하염없이 어린 시절을 연장하고, 중년을 죄책감으로 보내고, 많은 것들을 외면한 채 죽어 간다. 극단적으로는 그런 느낌마저 들었다.

모두들 늘 앞으로 고꾸라질 듯 오 분 앞을 산다.

만약 그 시간이 일 년이나 십 년 앞이라면 의미가 있을 것이다. 하지만 오 분 앞이면 그저 조급할 뿐이다. 모두들 서두른다. 에너지를 함부로 사용한다. 에너지는 금방 충전할 수 있다는 환상을 품고 있기 때문이라고 생각되었다.

때문에 인생의 주도권을 시간과 주변에 내준, 그런 기묘한 세계가 있는 것 같다.

나 자신은 휩쓸리지 않으리라는 것을 알고 있지만, 나도 모르게 그렇게 될 것 같아 무서웠다. 하지만 그렇기에 가에데처럼 사람들을 깨우치는 일을 하는 사람이 필요한 것이라고 생각한다.

한 사람 한 사람이 그 사람 본래의 모습으로 돌아가면 엄청난 힘을 발휘한다. 하지만 이곳에서는 그 힘을 알지 못한 채 무덤에 묻힐 가능성이 많다. 사람들은 그래도 상관없다고 생각하는 것이리라. 그런대로 별 상관없는 일이라고.

무엇 때문에, 누구 때문에 우리에 갇혀 있는지는 알 수 없지만 자물쇠는 걸려 있지 않다. 언제나 문은 활짝 열려 있다.

나가지 않겠노라 결정한 것은 다름 아닌 자기 자신이다.

그래서 오랜 시간이 흐른 후에 나가려고 하면 무게가 벅차지는 듯하다.

나는 그 무게를 피하기 위해 손발과 온몸을 사용하고, 침울해지겠다 싶을 때는 약초를 말리고 찌고 바보스러울 정도로 애쓴 덕분에 마음의 짐은 없지만, 상상은 할 수 있다. 이 길을 계속 앞으로 걸어가다 보면 그렇게 되리라는 정도는. 특히 텔레비전에 푹 빠졌을 때는 그 세계를 한때나마 엿본 듯하여 등골이 서늘해졌다.

나는 할머니가 차의 힘을 빌려 사람들을 본래의 모습으로 돌려 놓는 것을 몇 번이나 보았다. 머리를 써서 생각하고 몸을 움직이면 대부분의 일은 어떻게든 되지만, 사람들은 마치 최면술에 걸린 것처럼 혼미해져 그것을 깨닫지 못한다.

가에데가 점을 통해 상대의 모습을 그 스스로 인식하게 하는 것도 몇 번이나 보았다.

그런 장면은 너무도 신기해서 넋을 잃을 정도지만, 샘처럼 솟아나는 그 힘은 결국 그 사람 속에서 나오는 듯했다.

그것을 거드는 것은 공짜로 기적을 보는 것처럼 몸이 떨릴 만큼 재미있는 일이었다. 보이지 않는 어스름한 무언가가 바로 눈앞에서 보이는 것으로 결실을 맺는, 마술 같은 굉장한 순간이었다.

나는 무엇을 보고 들어도 아무 말 않지만, 현관을 들어설 때와 나설 때가 전혀 다른 손님의 표정, 그 얼굴에서 어떤 특수한 빛을 보았을 때는 늘 자신 안에서 굉장한 힘이 솟는 것을 알 수 있다.

겨울이 깊어 갈 무렵에야 살 집이 정해졌다.

낡은 아파트 일 층에 있는 방 두 개짜리, 천장이 높은 집이었다. 좁기는 해도 각자 방을 따로 쓸 수 있었다. 신이치로 씨와 나는 이 정도면 살 만하겠어, 하면서 결정했다.

그런데도 어쩐 일인지, 둘이 함께 사는 이미지는 떠오르지 않았다.

마음이 도무지 들뜨지 않고, 불안만 안개처럼 눈앞을 가렸다. 나도 이유를 알 수 없었지만, 둘이 같이 산다는 것이 결혼을 하는 것보다 무겁게 느껴졌다.

같이 사는 정도로 이렇게 힘겨워한다면 결혼은 도저히 할 수 없을 것 같았다. 그런 생각을 하면 암담해지고 앞날이 어둡게 보이면서 왠지 실감이 나지 않았다. 그런데도 나는 자신을 열심히 설득했다.

그렇게 바라고 또 바라던 가족이 생기는 거야. 싫다고 하면 안 돼. 그건 너의 이기적인 생각이야. 혼자가 편하다는 생각을 해서는 안 돼.

그런 식으로 생각한다는 것 자체가 애당초 잘못된 것이었는데.

나는 그야말로 나 자신에게 최면을 걸었던 것이다.

시간은 언제든 흐르고, 자신의 근원이 아닌 부분도 쉬지 않고 변화한다. 손님들을 대하면서 보고 들어, 이전과 지금의 바람이 다를 수 있다는 것을 익히 알면서도 자신에 대해서는 어쩔 수 없이 둔해지고 만다.

무섭고 두려워서, 가에데에게 봐 달라고 할 수도 없었다.

"새로운 출발인데, 내가 봐 줄까? 이사하는 집도 그렇고, 두 사람의 미래도 그렇고. 괜히 이상한 데로 이사 갔다가 또 불이라도 나면 헛수고잖아. 유령이 나올 수도 있고!"

가에데가 마치 농담을 하듯 그렇게 말했는데도 나는 미소로 얼버무리며 도망쳤다.

하루빨리 함께 살면 즐거운 일이 많이 생겨 어떻게든 될 것이라고, 그렇게 생각하려 했다.

나는 집이 있고, 같은 호적에 올라 있는 가족이 있고, 일이 아닌데 매일 함께 지낼 수 있는 사람이 있다는 것이 왜 좋은지 한 번도 경험해 본 적이 없어서, 선망하지도 못한다.

그러니까 벌써 알았어야 했는지도 모른다.

선망하지 않는 것을 선망하려 애써 봐야 헛되다는 것을.

부동산 업자와 임대 계약서를 작성한 어느 날 밤, 나는 동네에 있는 정식집에서 신이치로 씨에게 말했다.

"신이치로 씨는 이즈 같은 따뜻한 데가 아니라도 선인장 일 할 수 있어?"

"규모가 크면 몰라도 작으면 별 차이 없지 않을까."

신이치로 씨는 진지하게 대답했다.

"우리 정말 같이 사는 거야? 왠지 그림이 잘 떠오르지 않는데."

"음, 글쎄, 살아 봐야 알 수 있지 않을까. 밤에만 만나니까 내내 둘이 같이 있는 것도 아니고, 아마 이전 생활과 별

다르지 않을 것 같은데."

그는 늘 구체적이고 실질적이고 그러면서도 아주 느긋한 구석이 있지만, 그 점을 감안하더라도 그의 표정 역시 그다지 신나 보이지 않았다.

"우리 좀 더 즐거워도 괜찮을 것 같은데."

"실제론 아마 이럴 거야. 정말 같이 살게 되어도 그렇게 조잘대지는 않을 것 같은데."

그의 말이 옳으면 옳을수록, 아니 그런 게 아니고 보다 추상적인 이미지의 문제야, 라고 말하고 싶어졌다.

우리의 생활에는 이미지의 확대가 전혀 없었다. 공기의 입자가 선명하게 보이는, 생활의 빛을 발견할 수 없었다.

그때 내가, 어쩌면 나는 신이치로 씨를 좋아하기는 해도 같이 살고 싶지는 않은 모양이라고 생각했던 것을 기억한다.

그런 생각을 하면서 밥을 먹다가 단맛이 느껴질 때까지 밥알을 씹고 말았다. 그러고서야 그렇다는 것을 분명하게 깨달았다. 하지만 말해 봐야 이미 늦다.

현실이 점차 움직이기 시작했다.

나는 가에데의 집에 더불어 사는 생활이 너무 즐겁고 편하고, 마치 부모 집에 있는 것처럼 마음도 푸근해서 나가고 싶지 않다는 걸 알고 있었다. 부모와 가족이 있다는 게 이런 느낌일까, 하고 생각했다.

하지만 할머니가 가에데로 바뀌었을 뿐 아무런 발전이 없어 허망하기도 하고 인생이 가에데에게 묶여 있는 느낌도 들었다. 주거와 직장이 한곳이고, 가정부와 비서와 친구를 겸하고 있다. 가타오카 씨의 뒤까지 보살피고 있다.

나는 별 상관 없지만 가에데의 고요한 마음에는, 내가 종일 일에 쫓겨 허둥대면 아무리 조심을 해도 그런 기운이 전해지니까 좋지 않을 것이라고 생각했다. 그 기간이 짧았기에 즐거울 수 있었다고 생각했다.

'그러니까 아무튼 다른 곳에 가야 한다'고 너무 조급하게 굴었다.

가능한 한 다른 일을 하는 것이 어른이 되는 것인지도 모른다고 생각했으니까, 나도 조금은 이상했다. 인간 사회의 독에 물들어 본능의 힘을 잃어 간 것이다. 그렇게 생각한다.

하고 싶지 않은 일을 본의 아니게 할 때는 말이 많아지고 안절부절못하고, 뱃속에 조그맣고 무거운 돌기가 생긴다. 그것이 점점 커져 현실로 불쑥 나타나면 '역시.' 하고 생각한다.

내가 먼저 이사를 하게 되었다. 나는 가에데의 집에서 짐을 실어 냈다.

텅 빈 방을 보면서 역시 조금은 서글펐다.

신이치로 씨가 분갈이를 해 준 선인장이 살짝 자라, 그 선인장은 내 손으로 직접 들고 가려고 화분을 안고 있었다. 따로 들어왔는데 같이 나가네, 하고 말을 걸면서 선인장에 기대는 심정으로 문을 열었다.

가에데가 평소처럼 현관 벽에 기대어 잘 보이지 않는 눈으로 배웅해 주었다.

"그럼, 다음 주에 다시 올게요."

"그래, 다음 주."

그런 말밖에 나누지 않았지만, 우리는 무언가를 주고받았다. 시간의 흐름이 이렇게 빠를 줄 몰랐네, 라는 마음을.

그것은 말보다 한결 확고했다. 만져질 정도로 단단하고 분명했다.

그리고 문득 생각했다.

나는 이제 이 집에 사는 일은 없으리라. 평생 없으리라, 하고.

일 때문에 매일 올 테고 자고 가는 일도 있을 테지만, 더 이상 사는 일은 없으리라. 그런 굉장한 순간이, 이렇게 어이없이 찾아오다니.

하지만 어이없는 편이 오히려 멋졌다. 평소 이 집을 나서듯 떠나는 편이.

그리고 가에데와 가타오카 씨가 차를 몰고 데리러 온 신이치로 씨를 바라보며 싱글거려 부끄러운 나는 재빨리 짐을 싣고 사라졌다. 가에데는 보이지도 않으면서 그렇게 싱글싱글 가타오카 씨와 소곤거리다니, 정말 얄미웠다.

그랬다, 그래도.
짧은 기간일 줄 알았지만, 가에데와 함께 사는 것은 정말 즐거웠다.

마치 여름방학을 맞은 초등학생이 사촌 집에 놀러 간 것처럼 비일상적인 즐거움이 있었다. 밤늦게까지 이야기꽃을 피우고, 가타오카 씨가 오면 셋이서 카드 게임을 하고, 바쁠 때는 밤일을 하다가 거실에서 꾸벅꾸벅 졸기도 했다. 짧은 줄 알았기에 그렇게 지낼 수 있었지만.

어느 날 저녁, 바쁜 일과를 끝내고 둘이서 차를 마시면서 잠시 침묵하고 있었는데, 가에데가 소파에서 그만 잠들고 말았다. 그에게 담요를 덮어 주고 나는 바닥에 쿠션을 깔고 앉아 차를 마셨다, 고 생각했는데 피곤했는지 나도 모르게 잠들고 말았다.

번뜩 눈을 뜨자, 거실 카펫의 무늬가 보였다. 올려다보자 소파에서는 가에데가 자고 있었다. 어, 여기가 어디지? 지금 몇 시나 되었을까? 천장에 켜진 휘황한 전등이 우리의 잠을 밝게 비추고 있었다.

그리고 창밖은 이미 어둡고, 밤의 기척이 사방을 메우고 있었다.

아아 좋다, 가족 같아. 나는 잠든 가에데의 얼굴을 보면서 생각했다.

가에데는 보물이야, 내 보물. 그렇게 생각했다.

그리고 신기하게도 나처럼 가에데를 보물로 여기는 사람, 가령 가타오카 씨 같은 사람이 싫지 않아 나는 점점 더 기뻤다.

나는 기지개를 켜고, 개운해진 머리와 몸을 천천히 일으켜 저녁 준비를 시작했다. 뜻하지 않은 잠에서 깨어났는데, 불쑥 내려오는 아주 조용하고 충족된 시간. 그 또한 행복의 한 형태였다.

왜 인간은 늘 그런 기분으로 살아갈 수 없는 것일까?

생각은 그렇지만, 사실 나는 늘 캠핑을 즐기듯 살아가는 일면이 있으니까, 해당되지 않는다.

중요한 것은 기간이 정해져 있기 때문에 즐거운 일이 많다는 것이다.

이사하는 날이 정해지고서 나는 나를 한동안 살게 해 준

집에 감사하는 마음으로 청소도 하고,(나는 청소를 잘 못한다. 그나마 하지 않는 것보다는 조금 나은 정도다.) 가에데를 적당히 혼자 내버려 두기도 하고, 마치 명상을 하듯 차분하고 투명하고 즐겁게 나날을 보내기로 했다.

그렇게 생각하자 하루하루의 당연한 일들이 모두 귀중하게 느껴지고, 숨을 쉬는 것조차 애틋한 적이 많았다.

귀국한 가에데는 한동안 일본 음식을 먹고 싶어 했다. 그럴 만도 하겠다고 생각하면서 매일 신나게 장을 봐 와, 평범한 일본 반찬을 만들었다.

그런 생활이 오래 계속될 것이라고 생각했다면 가에데도 만드는 것마다 맛있다고 말해 주지 않았을 테고, 나 역시 양식을 먹고 싶을 때는 불평 한마디쯤 했을 것이다.

아니, 조금 다를지도 모르겠다. 가에데는 보통 사람들과는 시간을 달리 인식하는지 일일이 연결시켜 생각하지 않는 듯했다. 그리고 배가 고파야 뭘 먹는 데다 조금만 먹어도 만족했다. 싫어하는 음식도 해삼 정도인데, 그런 것을 집에서 먹는 일은 거의 없으니까 무관하다. 그의 시간은 입체적이고 동시에 불안정하고 찰나적이었다.

그래서 그가 밥을 먹을 때마다 늘, 인생의 첫 밥이란 느낌이 들었다. 언제든 오랜 꿈에서 막 깨어난 듯한 사람이었다.

그가 말하는 '맛있다'는 정말 맛있다는 뜻이고, 그가 말하는 '안녕'은 정말 안녕을 뜻하리라. 다행히 아직 들은 일은 없지만.

동네 점쟁이에 안주하고 있는 듯 보이지만, 그는 그런 박력을 누구에게도 알리지 않고 차근차근 연마하고 있었다. 마치 닿으면 잘려 나가는 칼날 같았다. 검의 달인이 가에데를 보면, 그가 게으름 피우지 않고 정진의 나날을 보내고 있다는 것을 쉬 알 수 있을 것이다.

그에게 평화로운 침묵의 한때가 종종 찾아오는 것이 곁에서 보기에 은총처럼 여겨졌다.

언제였나. 손님이 다 돌아간 저녁, 하루 일이 어느새 끝나 가는 때였다.

여름의 끝이라 무성한 온갖 초록이 싱그러운 색과 비릿하고 숨이 탁 막히는 여름 냄새를 공기 속에 뿜어 내고 있었다.

가에데의 방 창문은 손님의 마음을 부드럽게 어루만지기 위해서인지, 앞이 보이지 않는 가에데의 시야를 조금이라도 밝게 하기 위해서인지 아주 크고, 커튼은 늘 활짝 열려 있다. 점은 어두운 곳에서 보는 것이라 믿고 찾아온 사람들이 조금은 당황할 정도다. 특히 여름 낮에는 더 밝다. 가지가 보이지 않을 정도로 우거진 이파리들이 창문을 뒤덮듯 사방에서 얼굴을 내민다. 초록의 갖가지 변주가 햇살에 반짝이고 바람에 춤춘다. 마치 밀려오는 파도 같다.

가에데에게 줄 차를 들고 가다가 그 광경에 순간 넋을 잃었다. 그리고 가에데의 세계에는 이 초록이 어떻게 비칠까, 하고 생각했다. 꿈틀거리는 에너지로? 아니면 부옇게 번진 연둣빛으로?

나 혼자면 매일 기분 내키는 대로 지낼 수 있지만 가에데는 거의 정해진 시간에 정해진 일을 하는 사람이었다.

그래서 일과가 끝나면 나는 늘 머리를 식히고 마음을 밝게 해 주는 차를 끓였다. 가에데의 차는 하얀 지노리 잔에, 내 차는 흔해 빠진 곰돌이 그림이 찍혀 있는 머그 잔에. 이 감각의 차이가 두 사람 사이에 연애가 성립할 수 없다는 것을 암시하는 듯한 기분이 든다. 거친 말투로 으름장을 놓아 봐야 그는 결국 좋은 집안에서 자란 도련님, 게다가 취향이 까다로운 게이였다. 그가 그런 생활을 바꾸는 일은 평생 없으리라.

그런데도 그의 능력에 질투를 할지언정 자신을 돌아봐 주지 않는다고 그를 싫어하는 사람은 없다. 반면 가에데를 좋아하기는 아주 쉽다.

가에데는 거침없이 손을 뻗어 잔을 든다.

그 몸짓이 마치 무사가 칼을 칼집에 꽂는 것 같다. 꼿꼿하게 편 등. 그리고 차를 마시면서 늘 창밖을 바라본다.

하지만 가에데 자신도 그 이유를 설명할 수 없으리라고 생각한다.

그날, 가에데는 방에 고인 공기를 환기시키기 위해 창문을 열었다. 아직 환한 하늘이 보이고, 쓰윽 흘러 들어온 바람이 내 코를 스쳤다. 나무 사이를 질러 온 바람에서 향기로운 냄새가 풍겼다. 저 멀리 지나가는 차 소리, 둥지로 돌아가는 새소리가 순간적으로 가깝게 들렸다.

"오늘, 즐거웠어요?"

내가 물었다.

"그런 건 왜 물어?"

가에데가 웃으며 말했다. 웃는 얼굴이 즐거워 보여서, 나는 대답을 듣지 않아도 좋았다.

"이렇게 상쾌한 바람이 불면, 어디 간 것도 아닌데 여행을 하는 기분이야. 추억이 하나 둘 눈앞을 가득 메우고, 앞이 보이지 않는다는 것마저 까맣게 잊곤 하지. 지난번에 로마에 갔을 때, 거리의 불빛이 내 눈에는 부옇고 아련한 꿈 같았던 추억, 식전에 술을 마시고 거리를 어슬렁거렸을 때, 내 두 발로 밟았던 돌의 감촉까지 떠올라."

그러네, 창문 하나, 바람 하나에도 무수한 정보가 담겨 있네. 도시 생활을 하면서 잊어 갔던 그 감각이 불현듯 되살아났다.

불러만 주면 언제든 돌아오는 거였어, 이 감각.

하늘 높이 날아가는 새들의 노래처럼, 언제든 나는 이 거대한 세계의 일부라는 감각. 카펫에 납죽 주저앉아 가에데를 올려다보면서, 나는 방긋거리고 있었다.

나는 그런 감각을 만끽하기 위해 날마다 가에데를 쳐다보는지도 모른다.

그런 어느 날, 몰타 섬에 사는 할머니에게서 소포가 날아왔다.

할머니는 올리브나 말린 선인장꽃 같은 것을 종종 보내 준다. 이번에는 손수 만든 선인장 잼도 들어 있었다. 달기는 엄청 단데, 굉장히 맛있었다.

그리고 소포 꾸러미 안에 조그만 상자가 들어 있었다.

열어 보니, 하얀 비취로 만든 뱀이 들어 있었다. 한 번도 본 적 없는 것이었다. 한 귀퉁이가 약간 거뭇거뭇하고 금이 가 있었다.

안에는 편지도 들어 있었다.

너, 타이완에 갔었니?

아니면 갈 예정이니?

왠지는 모르겠지만 네가 타이베이에 있는 장면이 몇 번이나 떠올랐단다. 그 영상 속에서 넌 조금은 불안한 표정이더구나.

그래서 몰타 섬의 선물을 보내는 참에, 할미가 옛날에 좋아했던 사람에게서 받은 비취 뱀을 함께 보낸다.

그 사람, 타이완 사람이었어. 좀 위험한 일을 했었지. 자세하게는 얘기할 수 없지만.

엊그제 보석함을 정리하는데, 이 뱀이 네게 가고 싶다고 말하는 것 같더구나. 금은 갔지만, 지니고 다니기에 별 지장은 없을 거야. 그러다 깨지면 수리해 주렴.

할머니가

어떻게 알았지? 하고 생각하면서 나는 그 뱀, 자기 꼬리를 물고 있는 동그란 뱀에 가죽 끈을 끼워 목에 걸었다.

타이완에서 일본, 일본에서 몰타. 몰타에서 다시 일본으로. 할머니에게서 내게. 그전에는 더 많은 사람들의 손에서, 흙에서, 오랜 시간을 지나 내게 온 뱀이었다. 소중하게 간직하고, 깨지면 손을 봐서 또 소중하게 간직해야지, 하고 생각했다.

할머니가 이런 것을 내게 주기는 처음이라서 조금은 가슴이 두근거렸다.

할머니가 지니고 있는 많은 수수께끼에는 늘 마음이 설렌다.

만사에는 반드시 전조가 있게 마련이다.

할머니의 소포 역시 하나의 전조였다고 생각한다.

나는 비교에 서툴다. 약초의 세계에든 어떤 것에든 한 가지 유독 뛰어난 것이 반드시 있는데 그것만으로 좋은 차를 만들려고 하면 마음처럼 잘되지 않는다. 욕심이 균형을 앞지르면 모든 일이 순조롭지 못하도록 정해져 있는 것이리라.

햇볕이 잘 드는 곳에서 쑥쑥 자란 식물도 나름의 결점은 있고, 척박한 땅에서 빈약하게 자란 식물도 그 땅의 양분을 탐욕스럽게 빨아들이며 자라서인지 의외로 약효가 있곤 하다.

그러니까 모든 삼백초는 이런 증상에 효과가 있다고 일률적으로 말할 수 없는 것이다. 할머니는 더 심해서 꽃가루 알레르기에는 이곳에서 자란 것, 자궁근종에는 뒤뜰 텃밭 가장자리에 돋은 것. 이렇게 채취한 장소까지 구분해서 사용했다.

그런 세계에서 자랐기 때문에 비교의 무의미함이 몸에 배어 있다.

그런데 비교하고 말았다.

어느 쪽에 공감할 수 있는지, 입장이나 상황을 배려치 않고 몸으로 선택하고 말았다.

자신이 살고 있는 세계를 분명하게 가르지 않고 양쪽을 즐기려다 알게 모르게 선택의 궁지에 몰린 것인지도 모르겠다. 어느 쪽이든 자신이라고 생각하고 살아왔는데, 점차 한쪽에 무게가 쏠리면서 어쩔 수 없이 그렇게 된 것이라고 생각한다.

그리고 엇비슷한 두 얘기 속에 숨어 있는 커다란 차이를 감지하면서 나 자신에 대해 또 한 가지를 알게 되었다.

내가 무엇은 견딜 수 있고, 무엇은 견딜 수 없는가를. 그 길에는 맞는 것도 틀리는 것도 없다. 다만 일치와 불일치가 있을 뿐이다. 마치 벌이 치밀하게 계획한 것도 아닌데 기하학적인 모양의 벌집을 만드는 것처럼, 거기에는 나 자신도 바꿀 수 없는 분명한 규칙이 있었다.

그것이 바로 내가 나인 의미겠지, 하고 생각했다. 내가 태어난 의미라고 해도 상관없다. 냉혹하리만큼 분명해서, 한 번이라도 거짓말을 하면 언젠가는 제자리로 돌아오게 되는 혼의 약속이다.

  누구와 그런 약속을 했는지는 모르지만, 아주 중대한 약속이었다.

  그 사람이 뜰의 나무 뒤에서 나타났을 때, 나는 그 사람이 지니고 온 얘기가 이제 곧 나와 관계될 일의 서주라는 것을 전혀 몰랐다.

  그저 얼굴이 참 재미있게 생긴 여자네, 하고 생각했을 뿐이다. 눈과 입이 커다래서, 그 균형감이 흥미로웠다. 어린애 얼굴 같다고 생각했다.

  그런데 현관에서 가에데를 찾아온 손님으로 마주했을 때, 어디선가 본 듯한 기분이 들었다.

  상대방도 누구지? 하는 표정이었다.

  "저, 우리⋯⋯ 어디서?"

  거의 동시에 그녀가 말했다.

  "아, 알겠다! 산속에서 약초차 팔았던 아가씨!"

  나도 기억이 났다. 평소 운동 따위는 절대 안 할 여자가 어울리지도 않는 스포츠 웨어를 요란스럽게 차려입고 끙끙거리며 산을 올라왔기에 인상 깊었다. 게다가 병든 할아버지가 그녀의 커다란 엉덩이를 밀고 있었다.

  "저, 할아버지는요?"

비밀의 화원 37

나쁜 소식을 예상하면서 물었다. 아주 오래전 일이었고, 할아버지는 산을 찾기 얼마 전에 암 수술을 해서 상태가 좋지 않았다.

그런데 할머니가 이렇게 중얼거렸던 것도 기억한다.

"그 후쿠야마 씨란 할아버지, 수명이 다했다는 느낌이 안 들어."

할머니의 그런 말은 한 번도 빗나간 적이 없기 때문에 과감하게 물을 수 있었다.

그런데 그녀의 대답이 천연덕스러웠다.

"실은 우리 할아버지 깨끗하게 나아 버렸어요. 재발도 하지 않고. 그때 산을 무사히 올라가서 자신감이 생겼는지. 그리고 나를 더 오래 보살펴 줘야 한다는 의무감도 있었던 것 같고. 게다가 그 차가 정말 좋았어요. 그 차, 얼마나 대단한지, 늘 산속에 있는 것처럼 힘이 불끈불끈 솟더라고요."

가까이에서 보니 그녀는 화장도 제법 짙고, 가슴골이 들여다보이고, 장딴지도 실팍한 섹시한 사람이었다.

산을 좋아하기는커녕, 그때 난생처음 산에 오르지 않았을까 싶을 만큼 운동과는 거리가 먼 체형이었다.

"고맙다는 말도 할 겸 그 소식을 알리려고 편지를 보냈는데, 돌아왔더라고요."

"할머니는 산에서 내려와 몰타 섬으로 갔어요. 그리고 나는 지금 여기서 일하고요. 어서 들어오세요."

"어머나, 이런 우연이 다 있네."

그녀가 미소를 지으며 말했다.

달콤한 목소리와 초승달처럼 가늘어진 눈에서 따스한 빛이 스며 나왔다. 미인은 아니지만 섹시한 자태에 뭐라 말할 수 없는 분위기가 있었다. 조금 벌어진 앞니가 또 매력적이었다. 그리고 그녀는 겉으로 보이는 요란스러움과는 달리 상당히 조용한 사람이었다. 나는 그녀의 고요한 내면을 느낄 수 있었다.

"시간 있으면 나중에 같이 차라도 한잔해요."

"네, 좋아요. 오늘은 후쿠야마 씨가 마지막 손님이니까, 조금만 기다려 주시면 돼요."

어? 그런데 후쿠야마 씨, 결혼한 사람 아니었나? 그때 산에 왔을 때는 성이 달랐던 것 같은데, 혹시 이혼을 한 건가, 하고 생각했다.

옛날 기록이 꼬리에 꼬리를 물고 흘러나와, 자신의 프로 근성에 놀라고 말았다. 정말 이런 일이 적성에 맞는지도 모르겠다.

"알았어요, 꼭이에요."

그녀가 말했다.

비밀의 화원 39

나는 그녀를 가에데의 방으로 안내했다.

가에데는 그녀의 기척을 느끼자마자 환하게 웃으면서 말했다.

"여, 아쓰코로군. 오랜만이야!"

가에데가 사람의 이름을 그렇게 반갑고 친근하게 부르는 일은 좀처럼 없다. 더구나 섹시파에게는 냉정한 그가 그녀에게는 허물이 없는 정도가 아니라 달려가 껴안을 듯 반가워했다. 하지만 그것은 남자가 여자를 껴안는 것이 아니라, 친구끼리 서로를 껴안으며 어깨를 툭툭 치는 식이었다.

차를 대접하면서 놀라는 동시에 살짝 샘이 났지만, 유쾌하게 웃는 두 사람을 보자 그런 감정은 사라지고 말았다.

질투를 하고 싶었는데, 놀라는 바람에 때를 놓치고 말았다. 어떻게든 질투를 하고 싶은데, 그럴 수 없었다. 나 자신도 불가사의했다. 딱히 아쓰코 씨가 좋아진 것도 아니었다.

다만 왠지 맥이 좍 풀리고 아무래도 상관없는 일인 듯한 자연스러운 느낌이 이미 공간을 지배하고 있었다. 그녀가 있으면 모든 일이 당연해지고 만다. 원래가 그런 사람이었다.

아쓰코 씨는 한 시간 정도 가에데의 방에 있다가 생글생글 웃으며 나왔다.

그러고는 내게도 까딱 고개를 숙이고 이렇게 말하면서 의기양양하게 현관을 나섰다.

"역 앞에 있는 찻집 이 층에서 기다릴게요. 서점에 들렀다 갈 거니까 삼십 분쯤 후에."

좋은 점괘가 나왔나 보다고 생각했다.

아쓰코 씨를 봐 준 가에데의 표정 역시 음악이 넘쳐흐르는 듯했다. 그 차분한 모습에서 좋은 일을 했다는 충족감과 좋아하는 사람을 만난 행복감과 고양감이 배어 나오고 있었다.

직접 만나 본 일은 없지만, 마치 콘서트를 멋지게 마친 피아니스트 같은 느낌이었다. 넘실거리는 기운이, 그녀가 그에게 선사한 에너지를 뜻하고 있었다.

대체 무슨 일이지? 더욱 놀라운 점은 내가 그런 상황에도 질투를 느끼지 않았다는 것이다.

그저 잘됐네, 하고 생각했다. 가에데가 행복하면 나도 행복했다. 거짓이나 오기가 아니었다. 다만 기뻤다. 거기에는 은근하게 배어 나와 공간을 메우는 좋은 느낌이 있었다. 가에데가 기뻐하면 나도 기뻤다

그것은 아쓰코 개인의 얼굴이나 섹시함이 아니라 행복하고 당당하고 너그러워 마치 봄날의 산과 들 같은 그녀의 에너지에서 온다는 것도 잘 알 수 있었다. 가에데가 축복받은 한때를 보냈다는 것이 느껴졌다.

뒷정리를 하고, 서류는 들고 가기로 했다.

가타오카 씨가 저녁거리를 사온다고 해서, 저녁 준비는 할 필요가 없었다.

나는 서둘러 가에데의 집을 나섰다.

문에서 때마침 들어온 가타오카 씨와 마주쳤다.

"먼저 실례할게요."

"그 여자, 갔어?"

"후쿠야마 씨 말인가요? 끝나고 벌써 갔는데요. 그런데 말투가 좀 무례하네요."

"그 여자만 오면 가에데가 좋아하니까 짜증이 나서 그렇지."

"옛날 친구인가요?"

"아니, 옛날에 결혼하기로 했던 여자야."

"네?"

나는 정말 깜짝 놀라 얼굴이 일그러지고 말았다. 어둠 속이라 놀란 표정이 잘 보이지 않아 다행이었다.

하지만 생각해 보면 그런 일이 있었을 수도 있다. 가에데에게도 내가 모르는 여러 가지 과거가 있을 테니까, 하고 수긍했다. 나는 수긍만큼은 빨리 한다.

"초등학생 때였다고 하니까, 안심해."

"가타오카 씨가 더 걱정스럽네요."

나는 웃었다. 가타오카 씨는 한 손을 들고 집 안으로 들어갔다.

그랬구나, 옛날 약혼자였구나.

아마도 가에데는 좋은 어린 시절을 보냈을 것이다. 언제든 돌아가고 싶을 정도로 아름다운 추억으로 가득한. 그의 반듯함에서는 그런 분위기가 풍겼다. 그때는 가에데의 어머니, 할머니도 살아 있고, 귀여운 그는 사랑을 듬뿍 받으며 자랐으리라.

그 세계에는 소녀였던 당시의 아쓰코 씨도 있었을 텐데, 왠지는 몰라도 싫지 않았다. 이유는 알 수 없어도, 정말 좋았겠다! 하고 생각하면서 가에데가 더더욱 좋아졌을 뿐이다.

내 인생에서 가에데 때문에 예상이 완전히 뒤집히거나 실망하는 일은 없을 것이라고 확신했다.

* * *

역 앞의 빌딩 이 층에 커다란 유리창으로 거리를 내려다볼 수 있는 찻집이 있다. 그 집 커피는 씁쓸하면서도 맛있다. 잠이 덜 깬 아침에는 그곳에서 커피를 마시고 가에데의 집으로 가곤 했다.

씁쓸함과 뜨거움 때문에 눈이 반짝 뜨이는 느낌은 무엇

과도 바꿀 수 없다. 나는 아침 밥 대신에 거의 늘 집에서 만든 요구르트를 먹기 때문에 위에 탈이 나는 일은 없다. 역에서 와르르 쏟아져 나온 사람들이 걸어가는 광경이 마치 영화의 한 장면처럼 눈앞으로 흘러가 따분하지도 않다. 고작 십오 분인데 한 시간쯤 지난 느낌이다.

이것 역시 도시에 사는 즐거움이라고 할 수 있을 것이다. 게다가 상당히 수준이 높다. 아마도 아침에 물을 뜨러 가고, 과일과 먹을 채소를 따러 밭으로 가던 시절의 흔적이 DNA에 새겨져 있는 것이리라.

저녁때 그 찻집에 가기는 오랜만이었다. 나는 유리창을 올려다보고 아쓰코 씨가 창가 자리에 앉아 있다는 것을 알았다. 나를 보고는 아쓰코 씨도 손을 흔들었다.

좁은 계단을 올라가자 어두컴컴한 실내에 밤기운이 감돌고, 커다란 창문 너머로는 복작거리는 역이 내려다보였다. 스탠드 불빛 아래 앉아 있는 아쓰코 씨는 옛 그림 속의 인물처럼 고요했다.

나는 잠시 상상해 보았다. 내가 그녀의 연인인데, 저렇게 등을 꼿꼿하게 펴고, 가슴이 깊게 파인 옷차림에, 후후후 웃으며 이 밤 나만을 기다려 준다면 정말 기쁘리라고.

"기다리게 해서 미안해요."

"서점에서 책을 잔뜩 사서, 정신없이 읽다 보니까 시간이 금방 지나갔어."

아쓰코 씨가 웃었다. 웃자 눈가에 잔주름이 졌다.

"오랜만이네요."

커피를 주문하고 자리에 앉았다.

저녁나절의 역 앞은 한결 서글프다. 서둘러 집으로 돌아가는 사람들을 보면, 모두가 그렇게 멋진 집으로 돌아가는 것은 아니라는 사실을 아는데도 서글퍼진다.

"그래, 그때는 정말이지 신세를 많이 졌어. 정말 고마워. 그 차, 할아버지의 수호신이었어. 효과도 있었고."

"기억나요."

"그 등산, 할아버지에게 멋진 추억이 되었지. 마지막일지도 모른다고 생각하니까, 산과 나무들이 눈으로 쏙쏙 들어오는 것 같았어."

"두 분이서 용케 올라왔다 싶었죠."

나는 두 사람의 모습을 떠올렸다.

할아버지가 힘내라면서 손을 잡아끌고, 땀범벅이 된 아쓰코 씨는 헉헉거리며 겨우겨우 올라왔다.

두 사람 다 지칠 대로 지쳐서 한동안 말도 못 하고 거실에 누워 있었을 정도였다. 그런데도 "드디어 도착했구나.", "그러네요." 하면서 마주 웃었다. 마치 할아버지와 손녀가 하이킹을 온 것처럼 보였다.

그리고 몸을 일으키면서도 웃음이 그치지 않아, 두 사람은 엎드려 눈물을 흘리면서 깔깔 껄껄 웃었다.

나와 할머니는 그 광경을 그저 바라만 보았다. 우리 거실에서 웃으며 뒹구는 그 두 사람을.

그러다 할머니도 어이가 없어 덩달아 웃으며 말했다.

"병이 무거운데, 이렇게 즐거워하는 사람들은 처음 보는구나."

나도 그때 할아버지가 보여 준 듬직함과 그녀의 솔직함을 잊지 못한다. 거기에는 행복한 남자와 여자의 원초적인 모습이 있었다.

"많이 힘들었지만, 정말 좋았어. 그 경치가 아직도 눈앞에 선해. 할아버지하고 산에 오르는 것도 이게 마지막일지 모르겠다 싶어서, 하나도 빠짐없이 눈에 새겨 두려 했으니까. 푸르른 나무들이 눈으로 파고드는 것 같았지. 멀리 있는 산도 가깝게 보이고."

아쓰코 씨는 긴 속눈썹을 깜박거리며 꿈꾸듯 그렇게 말했다.

"그 후의 내 인생, 멋진 꿈을 꾸는 느낌이야. 벌써 죽었는데, 즐거웠던 인생을 돌아보며 추억하는 좋은 꿈. 가에데, 행복해 보였어. 시즈쿠이시 씨도 돕고 있고, 남자 애인과의 관계도 안정을 찾았고. 보기만 했는데도 더 행복해진 것 같아.

그때, 그 등산이 내 인생을 바꿨어. 어떻게 그럴 수 있었는지는 모르겠지만, 아무튼 그 후의 인생이 여러 가지 의미에서 싹 바뀌었어. 절대 나쁜 방향은 아니었어. 정말 멋진 일이었지.

나는 지금도 그날 산속 오두막집에서 눈물까지 흘려 가며 까르륵대고 웃었던 일을 생각해.

그때, 내가 안고 있던 심각한 문제, 듬직했던 할아버지가 대수술을 받았다는 충격이 폭발해 버린 것처럼 없어지고, 다만 할아버지가 지금 이렇게 살아서 웃고 있다는 것이 더 중요하다는 생각을 했어. 그리고 그때, 시즈쿠이시 씨가 너무 차다 싶지 않은 차 한 잔을 갖다 줬잖아?"

"조릿대와 삼백초 차였죠."

"그 차가 얼마나 달고 맛있었는지, 온몸으로 쫙 스며드는 것 같았어. 그리고 이렇게 예쁜 아가씨가 어쩌다 이런 깊은 산속에서 일하고 있을까, 굉장히 이상했지."

"예쁘기는요, 냄새만 났을 텐데."

나는 웃었다.

"가진 옷도 세 벌밖에 없었고."

"왜, 지금보다 눈썹이 짙고 와일드한 인상, 괜찮았어. 가에데를 알게 되기 전이겠지?"

"네, 가에데 선생님은 산에서 내려와 이 도시로 이사 온 후에 만났어요. 아쓰코 씨도 한동안 가에데 선생님을 안 만났나 봐요."

"음, 일 년에 한 번 정도는 찾아오는데, 한동안 좀 뜸했을지도 모르지. 그러니까 내가 지난번에 왔던 게, 얼마 전이었나. 이혼 때문에 왔으니까."

"그랬군요."

역시 이혼했구나, 하고 나는 생각했다.

"나, 할아버지밖에 모르는 사람이었으니까. 온통 머릿속에 할아버지 생각뿐이었어."

"그래요, 무척 사이가 좋아 보였죠."

"그래서 할아버지에게만 매달려 있다고, 남편이 차 버린 거지. 그때 아마 마지막으로 왔을 거야. 그런데 설마 시즈쿠이시 씨가 가에데 밑에서 일하고 있을 줄이야. 꿈에도 몰랐네."

"저도 그래요. 정말 기막힌 우연이네요."

"그렇지 않아. 이건 우연이 아니야. 모두가 인연이 있어서 만난 거지."

아쓰코 씨가 깔깔 웃었다.

"이런 일이 그렇게 쉬 있을 수 있나! 산속에서 딱 한 번 만난 아가씨가, 옛날 소꿉동무와 함께 일하고 있다니!"

"그거야 알 수 없죠. 이 업계가 좁아서 그런 것일 수도 있고."

나도 웃으며 말했다.

"그래도 잘됐지 뭐야, 이렇게 다시 만나서. 정말 고맙다는 인사를 꼭 하고 싶었는데."

아쓰코 씨가 말했다.

"나도 그 후로 여러 가지 일이 많았어. 그리고 엎친 데 덮친 격이라고, 남편이 내 사촌과 사귀기 시작한 거야."

"사랑하는 여자가 가장 소중히 여기는 할아버지 병 때문에 힘들어하는데 굳이 헤어지려 하다니, 해서는 안 될 일이죠."

사정은 잘 모르지만, 나는 그렇게 말했다.

"나도 잘한 거 없지, 뭐."

밀크티를 마시면서 아쓰코 씨는 웃었다.

"나, 할아버지 때문에 내내 친정에 가 있었어. 지금 생각하면, 그때 외롭기도 해서 바람을 피우게 되었을 거야."

"가능하다면, 그렇게 큰일이 한꺼번에 벌어지지 않는 게 좋겠지요."

"그래, 그랬다면 더 좋았겠지."

아쓰코 씨는 홀딱 반할 만큼 솔직했다.

"할아버지가 병을 앓게 된 후로 난 온통 할아버지에게만 정신을 쏟았어. 물론 전남편은 그런 나를 친절하게 대해 주었고. 사촌을 만나는 일도 좀처럼 없었는데, 무슨 제사 같은 게 있을 때나 만나는 정도였지.

그런데 그때, 언제였더라. 그렇지, 할아버지 병세가 소강 상태라서 잠시 여유가 생겼을 때일 거야. 제사에서 만난 사촌이 낀 반지가 어디서 본 듯하다 싶었는데, 남편이 늘 끼고 다니는 은반지하고 똑같은 거더라고. 그런데도 난 전혀 눈치 채지 못했어. 그야말로 굉장한 우연이라고 생각했을 뿐이었지.

어째 요즘 남편이 좀 이상하다 싶기는 했지. 그리고 제사에 참석한 사촌도 좀 이상해서, 혹시나 하고 의심이 갔는데, 그때부터 사촌이 나를 불러낼 때까지가 가장 괴로웠어. 그리고 만나서 얘기를 들었는데, 그날 남편과 함께 사는 집으로 돌아가야 했으니까.

그때까지가 힘들었어. 일상은 조금도 변하지 않았는데, 마음이 무겁고 험악한 꿈을 꾸는 기분이었으니까. 이대로 모르는 척하고서 그냥 살아도 괜찮지 않을까, 그런 생각을 몇 번이나 했는지 몰라. 안다고 어떻게 할 수 있는 것도 아니고, 그냥 없었던 일로 치면 그런대로 생활은 할 수 있으니까. 하지만 그 사람들, 내가 얼른 알아차리기를 바랐을 거야. 그러니까 그런 짓까지 한 거겠지."

그 상처가 아직도 생생하게 남아 있는 느낌이었다. 그녀의 자세와 손의 움직임에서 간혹 갈 곳 없는 미아 같은 애처로움이 배어 나왔다. 그리고 상처 입은 사람 특유의 냄새가 풍겼다. 그녀가 움직일 때마다 아직도 아물지 않은 상처의 눅눅한 냄새가 물씬 풍겼다.

"그 일 때문에 가에데 선생님을 찾아온 건가요?"

내가 물었다.

"말하고 싶지 않으면 말 안 해도 돼요."

"아니, 그것 때문은 아니야. 벌써 끝난 일인걸, 뭐."

아쓰코 씨는 웃었다.

"오늘은 지금 같이 살고 있는 사람하고 한동안 떨어져 지내야 하는데, 괜찮을까 싶어서 물으러 온 거야. 호주 사람인데, 어머니가 몸이 안 좋으셔서 당분간 그쪽에서 지내게 되었거든. 그래서 겨울 휴가를 받아서 나도 한 달 정도 머물다 돌아오기로 했어. 난 일이 있어서 가끔이나 가 볼 수 있으니까. 참, 나 할아버지의 일을 물려받아서 하고 있어. 여사장이니까 두말할 것도 없이 바쁘지. 그래서 앞으로 우리 두 사람 괜찮을까 하고.

그런데 상당히 좋은 소리를 들었어. 결혼은 안 하겠지만, 성격도 맞고, 그 사람도 나를 끔찍하게 여기고 있고, 지금 마음가짐이 변하지 않으면 아이도 낳을지 모른대."

"그래요? 정말 잘됐네요. 지금, 행복한 거죠?"

"물론이지. 안심해. 시즈쿠이시 씨의 소중한 가에데를 빼앗지는 않을 테니까."

"저도 못 빼앗아요. 굉장한 사람이 딱 달라붙어서 지키고 있으니까."

나는 웃었다. 여자들끼리의 그런 농담은 상대에 따라 하기가 무척 부담스러운데, 가볍게 하려고 할수록 더욱 그런데, 전혀 싫지 않았다. 성격이 맞아서일 것이다.

"하기야 가에데를 만나면 마음이 푸근해지니까 얼굴이나 보려고 오는 일이 많지만. 지금은 나도 안정을 찾았고, 할아버지의 죽음에 대해서도 마음의 준비를 단단히 하고 있어. 그때는 나이만 많았지 내가 너무 어렸어. 철부지가 결혼을 한 자체가 잘못이었지.

가에데가 늘 그리워. 어쩌면 얼굴을 보면서 옛날로 돌아가고 싶을 뿐인지도 모르지.

나나 가에데나 어린 시절을 정말 좋게 보내서, 웬만한 일은 서로의 얼굴을 보면 다 풀려. 첫사랑이랄까, 그리움의 상징이랄까, 그런 사람이야."

나는 모르는 옛날 일인데, 가슴이 뭉클했다. 그리운 옛 풍경을 보았을 때처럼.

"가에데 선생님도 아마 그럴 거예요."

"사진 볼래?"

아쓰코 씨가 물었다.

"무슨 사진이요?"

"가에데 어렸을 때 사진."

아쓰코 씨는 웃으면서 대답했다.

"보여 주세요. 늘 갖고 다니나요?"

"두 가족이 바다로 놀러 갔을 때 찍은 거야."

아쓰코 씨는 깔끔하게 정리된 가방 속을 더듬어 수첩을 꺼냈다. 그리고 사진이 들어 있는 비닐 시트에서 사진 두 장을 꺼냈다.

한 장에는 아직 한참 젊은 아쓰코 씨의 할아버지와 어린 아쓰코 씨와 깡마른 소년이 찍혀 있었다. 아쓰코 씨는 함박웃음을 짓고 있는데, 가에데는 떨떠름한 표정으로 눈썹을 찌푸리고 있었다.

"햇볕이 너무 뜨거워서 가에데 기분이 안 좋았어."

아쓰코 씨는 손가락으로 가리키면서 말했다.

배경은 잔잔한 바다와 해수욕을 즐기는 사람들……. 파라솔이 줄줄이 서 있는 해변에서 둘은 손을 꼭 잡고 있었다. 정말 귀여운 사진이었다. 꼭 껴안아 주고 싶을 만큼 연약하고 창백한 가에데. 긴 다리는 약간 휘었고, 입술은 여자 애처럼 도톰했다.

비밀의 화원

다른 한 장은 가에데의 어머니와 가에데와 아쓰코 씨 사진이었다. 역시 해변이고, 가에데의 어머니는 색상이 고운 원피스를 입고 있었다. 가에데와 무척 닮은 미인이었다. 가에데와 아쓰코 씨는 제방에 앉아 아이스크림을 먹고 있었다. 모자를 쓰고 있어 가에데의 얼굴은 잘 보이지 않았다. 하지만 가에데의 인생에서 가장 행복한 순간이었다는 것은 충분히 알 수 있었다. 머리를 양 갈래로 묶은 아쓰코 씨는 아이스크림을 핥으면서 방긋방긋 웃고 있다. 좋은 사진이다.

"어머나, 그거 비취?"

고개를 숙이고 사진을 들여다보는 내 가슴께를 보고서 아쓰코 씨가 물었다.

"네. 할머니가 주신 거예요. 참 그리고, 이것도 타이완에서 샀다고 하던데. 잘은 모르지만, 우리 할머니도 타이완에서 산 적이 있었던 것 같아요. 금이 가서 조심스럽게 하고 다니고 있어요."

"그렇구나. 만약 타이완에 갈 일 있으면, 할아버지 친구 중에 보석 세공을 하는 사람이 있으니까, 소개해 줄게. 아주 싼 값에 금으로 수리할 수 있는 데야.

우리 할아버지, 타이완에서 가공한 비취를 수입했더랬어. 뭐 본업은 아니고, 부업으로. 어렸을 때부터 비치를 파는 보석 시장에 몇 번이나 갔는지 몰라. 지금은 내가 그 일을 간간이 계속하고 있지만. 가공한 비취를 사들여서, 일본에서 목걸이나 반지, 팔찌로 만들어서 파는 일도 하고 있어. 지금 시즈쿠이시 씨가 하고 있는 그런 거.

어쩌면 나 어렸을 때, 시즈쿠이시 씨 할머니하고 거기서 만났는지도 모르겠네. 그렇게 인연이란 한없이 퍼져 나가는 건가 봐.

할아버지가 몸이 좀 좋아지신 후로, 한동안은 같이 타이완과 일본을 오갔어. 온천 요양하기에 아주 좋은 곳이거든. 할아버지는 일에 중독된 사람이라서, 일본에 있으면 또 일을 하겠다고 나설 것 같아서, 식구들끼리 의논해서 당분간은 타이완에 계시도록 하자고 했지. 물론 나는 감시역으로 따라가기로 하고.

도쿄나 타이베이는 같은 대도시지만, 전혀 달라. 시간이 인간의 리듬에 맞춰서 흐르는 곳이야. 그때 등산에 맛들인 우리는 심심하면 교외로 나가서 자연 속을 걸었어. 그렇게 힘들지는 않았지만, 풀벌레 소리, 바람, 녹음이 모두 할아버지의 회복에 도움이 되었던 것 같아. 따뜻한 나라니까 열대 과일도 풍성하고, 녹음도 무성하고. 덕분에 나도 이혼의 충격에서 헤어났지.

애당초 할아버지는 내 결혼에 찬성하지 않았어. 할아버

지 일을 물려받았으면 했나 봐. 너는 남자 못지않으니까 잘할 수 있을 거라고 늘 얘기했는데, 반발심에 결혼하고 일은 짬짬이 했지.

그런데 그렇게 이혼을 하고 나니까, 내가 뒤를 이을 것 같기도 하고 수술도 성공적으로 끝나서 재발을 염려하지 않아도 될 것 같기도 하고, 그러면서 할아버지는 희망이 솟아서 점점 기운이 펄펄해졌어. 사랑하는 손녀와 타이완에 있을 수도 있으니까 살아 있기를 잘했다고 두고두고 말했지.

역시 병을 잊을 만큼 즐거운 일이 있다는 거, 중요한 것 같아. 그래서 내게도 타이완은 보답해야 할 나라야. 궤도 수정을 하기에 마침 적당한 때 좋은 것을 많이 얻었어."

"그랬군요. 언젠가 한번 가 보고 싶네요."

마치 아득한 꿈 얘기를 하듯, 황홀한 기분으로 말했다. 타이완, 타이완, 요즘 여기저기서 타이완 얘기를 듣네. 무슨 좋은 일이 있으려나, 하고 생각하면서.

"간단해. 비행기 타고 세 시간이면 갈 수 있어. 난 일이 바쁠 때는 한 달에 두 번도 갔는걸."

아쓰코 씨가 웃었다.

"아니면 휴가를 낼 수 없을 만큼 가에데가 호되게 일을 시키는 건가?"

"그렇기도 하죠. ……그런데 좀 이상하네. 전 놀이 삼아 여행한 적이 거의 없어요. 신분 증명서라 여기고, 여기 온 후에 시간이 나서 여권을 만들기는 했는데."

"그래, 그럼 앞으로 여러 나라에도 다녀 보고, 할머니 계신 몰타 섬에도 가겠네?"

"글쎄요, 가 볼까……."

나는 그런 생각을 해 본 일이 없어서 많이 놀랐다. 그런데도 왠지 가슴이 설렜다. 할머니를 만나러 갈 수도 있다고? 지금에야 알았네. 그런 식으로.

"시즈쿠이시 씨, 내내 산속에서만 일해서, 그리고 너무 바쁘게 일해서 감각이 좀 이상해진 거 아냐? 너무 성실하다니까. 가끔은 쉬게 해 달라고, 가에데에게 말해요."

아쓰코 씨는 웃었다.

"쉬는 날은 의외로 많아요. 그런데 식물을 보살피다 보면 시간이 그냥 흘러가니까."

앞으로는 둘이 사니까 신이치로 씨에게 부탁할 수 있겠네, 하고 생각했다.

"도시가 신기해서, 아직도 도시를 여행하는 기분인가 봐요."

"그래? 그럴 수도 있겠다."

아쓰코 씨는 순순히 고개를 끄덕였다.

비밀의 화원 57

이때는 자신이 머지않아 타이완에 가게 되리라는 것도, 또 그녀와 비슷한 일에 휘말리게 되리라는 것도 전혀 예상치 못했다.

그때의 멍청했던 나를 한 대 때려 주고 싶다. 아니면 머리를 부드럽게 쓰다듬어 주고 싶다. 꼭 껴안아 주고 싶다. 욕을 퍼붓고 싶다. 돌아가고 싶다. 여러 감정이 복잡하게 뒤섞여 견딜 수 없는 기분이다.

하지만 아쓰코 씨의 웃는 얼굴을 생각하면 늘 그때 천진했던 자신이 함께 떠오른다. 갖가지 조짐과 암시와 정보를 품고 있었던 그 묘한 만남. 때의 흐름 사이에 불현듯 생겨난 막간 같은 만남. 꿈에서 본 듯 멋지고, 잠깐 만났는데 오래도록 함께 있었던 것처럼 친근한 그 사람.

그것은 멍청하고 둔한 나를 위해 신이 서둘러 마련한 틈새, 라고 생각한다.

"난 가에데를 정말 신뢰하고 있어. 왜냐하면 내가 엉망진창이었을 때, 남편과 사촌에 대해서 가에데가 이런 말을 했거든.

'두 사람은 사실 너를 좋아했어. 두 사람은 결국 너를 선망하고 질투하고 또 원했는데, 그러니까 일부러 보란 듯이 그런 게 아니고 너를 혼란스럽게 하려고 그런 거야.

네가 빠지고 없으면 서로에게 별다른 매력을 느끼지 못

할 거야. 그러니까 남편과의 관계는 그 후에 생각해도 되지 않을까 싶어.

하지만 난 그다지 권하고 싶지 않군. 이번 일을 계기로 다른 길을 가는 게 좋을 듯해. 나 옛날부터 그런 생각 했는데, 넌 굳이 결혼하지 않아도 될 사람이고, 할아버지의 일을 물려받아도 큰 중압감 없이 해낼 수 있을 거야.

그리고 언젠가는 애도 낳을걸. 할아버지도 생각보다 오래 사실 거야. 그렇게 보여. 지금이 이탈한 거야, 원래 궤도에서. 할아버지 병 덕분에 그걸 깨달았을 것 같은데.'

당시 난 자신감을 완전히 잃고, 자신을 아무 가치도 없는 사람이라고 여기고 있었는데, 그리고 떠난 남편이 돌아오기를 기다린다는 생각밖에 없었는데……. 결혼은 한 번이면 족하다고 생각했어. 평생을 함께하고 싶었어. 그런데 가에데의 그 말을 듣고, 이제야 알겠다! 하고 생각한 거야.

가에데 말대로, 생각해 보니까 맞아떨어지는 게 많은 거야. 정말 그랬다는 걸 알았지.

그전에는 두 사람이 나와는 무관하게 사랑에 빠졌다고 생각했으니까 이해가 안 되는 부분이 많았어.

왜 두 사람이 내게서 떠나가지 않는지, 왜 반지를 내 눈에 뜨이게 하는지, 왜 굳이 골치 아픈 일을 벌이려 하는지. 가에데의 말이 사실이라고 가정하고 생각해 보니까, 그런

의문들이 다 풀리는 거야. 그들의 이해할 수 없었던 행동들이.

그래서 그 두 사람으로부터 거리를 두기로 했지. 처음에는 괴롭고 답답하고 짜증스럽고 늘 두 사람 생각이 머리에서 떠나지 않았지만, 일을 시작하면서 일에만 매달리다 보니까 점차 괜찮아지더군. 연락이 와도 무시하고, 아무튼 거리를 두었어.

그랬더니 가에데 말대로 일 년도 지나지 않아서 둘이 헤어지더니 남편이 내게 돌아왔어. 다시 시작할까 싶은 생각에 한 번 만나 보기는 했지만, 잘될 리가 없지. 그래서 깨끗하게 헤어졌어. 정말 잘한 일이지."

그렇게 얘기하는 아쓰코 씨의 해맑은 눈동자를 보면서 나는 새삼 생각했다. 그래, 정말 그랬을 거야. 가에데가 열어 준 문은 그렇게 그 사람이 이어져야 할 곳에 정확하게 이어 주지.

만약 남편과 다시 부부로 살아갔다면 그녀는 남편의 눈에 보이지 않는 질투에 시달려, 저 맑은 눈동자도, 그날 할아버지와 자지러지게 웃던 사랑스러움도 다 잃어버렸으리라.

자신의 의견을 좀처럼 강권하지 않고 손님에게 선택하게 하는 가에데가 왜 아쓰코 씨에게는 '권하고 싶지 않다'고 분명하게 말했는지 이해가 되었다. 신을 위한 달콤한 꿀인 그 웃는 얼굴이 세상에서 사라지게 하고 싶지 않았던 것이다.

"나는 질투 같은 거 안 하니까, 가에데를 잘 보필해 줘. 가에데는 내게 정말 소중한 사람이야. 지금은 가에데나 만나야 기억이 떠오르지만, 그 사람 안에는 내 어린 시절 꿈이 꼭꼭 담겨 있어."

아쓰코 씨는 조그만 손으로 내 손을 꼭 잡고 말했다.

저 하나 힘으로는 산도 오르지 못하는 주제에 무슨 소리야, 하고 생각했지만 나는 힘차게 고개를 끄덕였다.

"저도 같은 생각이에요. 그 사람은 반드시 지켜 줘야 할 사람이죠. 열심히 해 볼게요."

"아, 다행이다."

아쓰코 씨는 미소 지었다.

역 앞에서 또 만나자고 하고는 헤어졌다.

"호주에서 겨울 휴가 잘 보내세요!"

"시즈쿠이시 씨도 타이완에 잘 다녀와!"

아쓰코 씨는 농담처럼 말했다.

그때는 아쓰코 씨의 말이 남 얘기처럼 들렸다.

아픔도 괴로움도 남의 얘기라 나 자신의 일로는 생각되지 않았다.

나 자신에게도 누군가의 인생과 결별하는 날이 오리라는 생각은 꿈에도 하지 못했다.

사람의 마음속에서 휘몰아치는 폭풍은 제 손으로는 막을 수 없어서, 그저 지나가기를 기다리고, 어르고, 잠시 간격을 두어야 잠잠해진다는 것을 뼈에 사무치도록 절감했다. 아쓰코 씨도 느꼈을 그 사실을 느낄 때마다 나는 아쓰코 씨를 생각했다.

그러면 왠지 모르지만 가슴에 뽀얀 불빛이 피어났다.

그녀의 하얀 목덜미를 생각하면 마음이 조금은 밝아졌다.

그 후 신이치로 씨의 고향으로 여행을 떠났는데, 그 여행이 우리가 헤어진 계기가 되고 말았다.

이미 내 짐은 다 옮겨 놓은 상태였다.

그런데 좀 더 진행되었더라면, 신이치로 씨까지 짐을 다 옮기고 안정을 찾은 때였다면, 우리는 이러쿵저러쿵하면서도 어쩌면 아직 함께 있을지도 모르겠다.

모든 것이 돌고 도는 인연과 타이밍으로 결정된 기분이다. 만약 같이 살기 시작했다면 헤어지지 않았을지도 모른다.

같이 산다는 데 아직은 현실감이 없는 때라서 혼자가 될 수 있었는지도 모른다. 아슬아슬한 시점에 사태를 파악한 것인지도 모른다.

　지금도 그때를 생각하면 숨이 막힐 듯하다. 내가 그를 좋아했던 양과 의미가 그의 내면과 충돌했다는 생각을 하면, 눈앞이 캄캄해지면서 서글픔이 나를 가득 채운다.

　누구도 나를 나만큼 알지 못하고 사랑하지도 않는다는 것은 당연한 일이지만, 신이치로 씨의 웃는 얼굴과 함께 그때 일을 생각하면 몹시 괴롭다.

　사랑했고 사랑받았던 할머니와의 헤어짐과는 차원이 다르다. 타인이 어떤 것인지, 나는 비로소 이해했다.

　하지만 그 나날을 내게서 빼앗을 수 있는 사람은 아무도 없다.

　당사자인 신이치로 씨도 빼앗을 수 없다.

　나를 좋아했던 그 나날의 신이치로 씨는 이미 없지만, 빛나는 추억은 아무도 영원히 훼손할 수 없는 장소에 있다. 몇 번을 생각해 봐도 우리의 관계는 내가 나약한 상태이고, 그는 이혼하지 못해 괴로워한다는 전제가 있어야만 유효한 것이었다. 나도 혼자이고, 그도 혼자인 밀실에서만 가능했다. 외부가 조금이라도 관여하면 그 세계는 무너진다.

　그곳은 선인장과 온천과 사람의 온기가 있는 내 조그만 낙원이었지만, 때가 오면 빠져나와야 할 곳이었다.

　내가 할머니와 헤어져 외톨이가 되었을 때, 신이 그렇게 좋은 남자를 빌려 주었으니까 이제 할 일을 찾은 내가 그를 그의 운명으로 되돌려줘야 한다고, 그렇게 생각했다.

 이 얘기는 별로 하고 싶지 않지만······.
 하자고 생각하면 목이 메고 가슴이 찡하고 몸이 나른해지면서, 색도 맛도 느낄 수 없어지니까.
 하지만 이 얘기를 하지 않으면 내 인생은 앞으로 나아가지 않고, 그 후에 있었던 많은 일도 떠올릴 수 없다.
 신이치로 씨에게는 단둘이 원예부를 지켜 갔던 다카하시란 친구가 있었다. 그는 신이치로 씨가 이 세상에서 가장 존경하는 사람이었다.
 어렸을 때부터 다리가 좋지 않아 늘 휠체어를 타고 다니고, 심장도 약했던 남자였다. 그런데 그 친구는 식물을 키우는 데 뛰어난 마법의 손가락을 갖고 있었다. 신이치로 씨는 그에게 감동을 받아 원예의 길에 들어서게 되었다.
 마치 지도를 보듯 먼 곳을 내다보는 눈으로 전체를 보면 충분히 이해가 간다.
 '우리는 다카하시 씨의 정원이 너무 훌륭해서 헤어질 수밖에 없었다.'
 그런 것이었다고 생각한다.

신이치로 씨는 이즈에서 일을 계속할지, 도쿄로 올라가야 할지 한동안 망설였다.

식물을 키우려면 이즈에 그냥 있는 편이 기후나 땅값이나 시설을 만드는 면에서 훨씬 유리하니까.

그래서 나는 어느 쪽이든 상관없으니까, 생각하고 싶을 때 생각하라고 말했다. 그가 이즈에 계속 있다고 해서 우리의 만남에 큰 영향은 없으리라고 생각했던 것이다.

그런데 신이치로 씨는 나와의 관계를 분명히 하고 싶어 했다. 그것은 어쩌면 이혼한 아내의 의견이 심중에 남아 있는 탓인지도 모르고, 가에데와 너무 밀접한 나의 인생을 걱정해서였는지도 모른다. 아무튼 신이치로 씨는 허튼 사람이 아니니까, 신중하게 생각했을 것이다.

하지만 나는 이렇게 생각했다. '분명히 하고 싶다'는 마음이 있다면 그 자체가 이미 사기라고.

그래도 그렇게 생각하고 싶지 않으니까, 애써 외면하고 있었다. 눈을 감고 귀를 막고 있었더니, 세계가 점점 좁아지고 답답해졌다. 그런데도 나는 그와 함께하고 싶었다.

지금은, 사실 나는 함께 살고 싶어 하지도 않았고, 신이치로 씨와 새롭게 할 수 있는 일은 이미 없다고 느꼈다는 것을 그도 알고 있었다고 생각한다.

신이치로 씨는 말했다. 내가 좋아하는 그 낮은 목소리로.

"나의 근원을 보고 싶어. 죽은 다카하시의 집에 가서 그 정원을 보려고 해. 그가 죽은 후에 어머니가 어떻게 관리하고 있는지는 모르겠지만, 그 정원을 보면 뭔가 분명해질 것 같아. 괜찮으면 같이 갈까? 실은 이른 봄에 가고 싶지만, 새 일이 시작되면 가기가 쉽지 않을 테니까."

나는 물론 같이 가겠노라고 대답했다.

"마지막으로 간 게 장례식 때였어. 결혼해서는 줄곧 이즈에 살았으니까, 참 오랫동안 찾아가 보지 않았군. 하기야 다카하시가 죽어서 갈 이유도 없어졌지만. 하지만 정말 굉장한 정원이야. 그 정원을 처음 보았을 때, 너무 감격스러워서 원예의 길로 들어서지 않을 수 없었어. 도저히 어떻게 할 수 없을 정도였지. 그때의 충격이 가신 후에도 그 정원만 생각하면 새로운 이미지가 막 샘솟아서, 결국에는 그게 훗날 내가 만들어 낸 환영인지 실제가 그랬는지 아리송하게 되었어. 보고 확인하기가 겁나지만, 아무튼 한번 봐야 할 것 같아.

지금은 어떤지 잘 몰라. 아마 그의 어머니가 정원을 지키고 있을 거야. 다카하시가 꾸몄을 때와는 다를지도 모르지. 상상이 잘 안 돼. 하지만 그곳을 꼭 한번 찾아가 보고 싶어. 여태까지도 언제든 갈 수는 있었지만, 지금은 꼭 봐야겠다는 생각이야."

"같이 가요. 나도 보고 싶으니까."
나는 고개를 끄덕이며 말했다.

 하지만 지금 생각하면, 어렴풋이 알고 있었던 듯하다. 이즈로 짧은 여행을 했던 때와는 근본적으로 다른 울적함이 있었으니.

 도시락을 살 때도, 열차에 오르려고 손을 잡을 때도 왠지 싸늘하고 서글펐다. 하늘은 유난히 높은데 아무리 흥겨운 음악을 들어도, 신나게 여행을 떠나는 가족을 보아도 마음이 밝아지지 않았다. 그러고는 우리 두 사람의 추억이 물밀듯이 되살아나 창밖을 스치고 지나가는 경치를 보면서 몇 번이나 눈물을 삼켰다.

 도중에 가고 싶지 않다고 투정을 부리며 열차에서 내린다면 혹 운명이 바뀔까?

 몇 번이나 자문했다.

 아니다, 그렇지 않다. 나는 애당초 신이치로 씨 인생의 조역, 갑자기 뛰어든 존재에 불과하다. 그런 생각은 한 번도 해 보지 않았다. 나는 뻔뻔스럽게 늘 나 중심이었다. 내게 웃어 주는 것은 나를 좋아하기 때문이라고, 그렇게 간단하게 생각하면서 살아왔다.

 산속에서는 심플하게 사는 편이 일하기에도 좋고 만사

가 순조롭다. 하지만 연애에는 전혀 적용되지 않는 것이었다. 그저 그런 연애밖에 한 적이 없어서 사람 마음의 자잘한 움직임 따위는 아무렇지 않게 여겼다.

그가 늘 헤어진 부인이 아닌 어딘가 먼 세계를 보고 있다는 것을 나름대로 느끼고 있었다. 그런데 나와의 새로운 생활이 그것들을 다 날려 보냈을 것이라고 건방진 생각을 하고 있었다. 그러니까 그 시점의 나는 철부지였다.

"신이치로 씨, 한 가지, 조금 마음에 걸리는 게 있어."

나는 열차 안에서 주먹밥을 먹으며 말했다.

"뭔데?"

"다카하시 씨의 어머니, 신이치로 씨의 첫사랑이었겠지?"

나는 애써 태연하게 말했는데, 딱딱한 것이 목구멍을 막고 있는 듯한 느낌이 들었다.

옛날 다카하시란 이름을 처음 들었을 때 이미 나는 알았다. 그 이름에서 첫사랑의 냄새가 풍겼다. 말 속에 달콤한 그림자가 어려 있었다. 그리고 신이치로 씨의 옆얼굴에도.

미안하게도 신이치로 씨는 아무 대꾸 없이 소름 끼치는 것을 보는 듯한 표정으로 나를 보았다.

"……어떻게 알았어? 그런 식으로 어머니 얘기를 한 적은 한 번도 없는데. 다카하시 얘기는 했지만."

잠시 가만히 있다가 말할까 말까 망설이는 투로, 그러나 역시 내게 맞춰 마음을 열겠다는 식으로 신이치로 씨는 말했다.

나는 그의 눈을 보지 않고 말했다. 그런 반응을 보이다니 너무 놀라서, 겁이 나서 볼 수가 없었다.

"나, 내내 그렇게 느끼고 있었어."

"그랬나."

신이치로 씨는 생각에 잠긴 표정으로 말했다.

"하지만 누구에게나 그렇게 소중하게 간직하는 것들이 있잖아."

나는 그렇게 대꾸할 수밖에 없었다.

"음, 물론 그건 그렇지만."

신이치로 씨는 간신히 밝은 표정으로 말했다.

"나이가 아주 많아?"

"글쎄, 하지만 다카하시 아버지의 젊은 후처였으니까 그렇게 연상은 아닐 거야. 당시의 내 눈에는 꽤 연상으로 보였지만."

신이치로 씨는 마음이 한결 가벼워졌다는 식으로 시원스럽게 말했다. 하지만 나는 점점 더 마음이 무거워졌다.

그렇게 연상이 아니라는 것은 지금도 할머니가 아니라는 뜻이다.

슬픈 질투의 덩굴이 머릿속을 칭칭 휘감기 시작했다.

알고 있다. 그 여자 때문이 아니라, 그와 나 사이에 꽉 들어차 있는 불안정한 것들 때문에 질투한다는 것을. 가에데와 아쓰코 씨의 관계를 보면서 겨우 배운 것이다.

문을 연 가냘프고 아름다운 여자가 신이치로 씨를 보고 커다란 눈에 눈물을 머금었을 때, 그리고 살짝 기울인 소박하고 청초한 목의 조그만 귀에서 반짝이는 조그만 다이아몬드 귀걸이를 보았을 때, 나는 '졌다.'라고 생각했다.
그 사람은 식물 같았다. 날카로움마저 식물적인 유의 사람이었다.
그녀에 비하면 나는 비릿한 살덩어리. 자신이 마치 짐승처럼 여겨졌다. 사라지고 싶었다.
그것으로 충분했다.
이런 것이 진정한 질투일 것이라고 생각했다. 승산이 전혀 없었기 때문이다.
선이 가늘고, 자신의 마음은 표현하지 않으면서 할 일은 묵묵히 하는 여자. 나와는 정반대인 여자였다. 게다가 내가 가장 싫어하는 타입이었다. 나는 그런 사람을 보면 늘 이렇게 말하고 싶어진다. "이제 그만 하죠. 우리 자연스럽게, 마음에 있는 얘기 있는 그대로 하자고요." 그것은 일을 하면서 현실의 문제점에 신속하게 접근하는 할머니에게서 물려받은 성격이었다.

어느 쪽이 나쁘다는 것은 아니다. 맞지 않을 뿐이다.

하지만 신이치로 씨에게는 이 사람이 훨씬 잘 맞는다. 그것은 잔인하리만큼 분명한 사실이었다.

그런 것은 순간적인 승부로 판가름이 난다. 나중에 덧붙여 봐야 아무 소용이 없다.

그런 기분으로 집 안에 들어갔다.

머릿속에서 웅 하는 소리가 울리는 듯해서, 옛날을 그리워하며 나누는 그녀와 신이치로 씨의 얘기가 들리지 않았다. 신이치로 씨는 그녀가 차를 권하는데도 정원을 먼저 보고 싶다고 말했다.

그래, 신이치로 씨의 그런 면을 좋아했다.

"그렇게 말해 줘서 고마워. 이 정원을 보기 위해 멀리서 오는 사람들이 아주 많아. 동네 사람들도 마주칠 때마다 보고 싶다고 해서 고맙게 생각하고 있어. 이 정원을 책으로 꾸며 내고 싶다는 사진가도 있고. 가만히 있어도 아들의 세계가 사람들 사이에 널리 퍼지고 있어서, 정말 잘된 일이라고 생각해."

그런 말을 듣고서도, 나는 그 정원이 그렇게 대단하리라고는 생각지 못했다. 시골에 간혹 있는 보기 좋은 정원 정도겠지, 하고 얕잡아 보고 있었다.

비밀의 화원

그런데 다카하시 씨 어머니의 친절한 안내를 따라 방을 나섰을 때, 한눈에 들어온 정원의 모습에 나는 그만 넋을 잃고 말았다.

"어머나, 여기가 어디지? 지금까지 내가 어디에 있었던 거지?"

나도 모르게 그런 말이 튀어나오고 말았다. 눈앞에 전혀 다른 세계가 있었다.

온 세계의 상쾌한 바람이 다 모여 있는 듯했다. 풍요롭고 싱그럽고, 다양한 색채와 벌과 개미가 마치 입체 영상처럼 잇달아 눈으로 날아들었다. 이 정원을 보기 위해 천사라도 하늘에서 내려올 것만 같은 느낌이었다. 안이한 비유가 아니라 그곳은 원근과 시간과 공간의 감각이 뒤틀려 있어, 오묘하고 아름다운 생물이 위에서 내려와도 이상하지 않을 것 같았다. 찬찬히 들여다보니, 그것은 미묘하게 박혀 있는 색채의 기적이었다. 그 계절에 피는 꽃과 울타리와 흙의 색이 모두 계산되어 있는 듯했다. 아마도 차례차례, 마치 전시물을 계절과 순서에 따라 바꾸듯 늘 어떤 꽃이 피고, 어떤 열매가 맺혀, 온갖 색들 가운데 빠지는 색이 없도록 조화를 이루고 있지 않나 싶었다. 예를 들어 커다란 히비스커스는 지금은 실내에 있지만 봄이 되면 정원 한가운데의 정해진 장소로 옮겨지리라는 것도 알 수 있었다. 정원 왼쪽에 온실이 있는 듯했다. 그 안에서 순서를 기다리고 있을 무수한 식물들. 모든 것이 계산되어 있다. 하지만 지나치게 인위적이지는 않다. 그런 일이 정말 가능한지는 알 수 없지만, 적어도 내가 본 순간에는 그랬다.

마침 겨울이라서 꽃은 별로 없었다. 다만 색색의 동백이 장난감처럼, 크리스마스트리의 장식물처럼 군데군데 동그마니 피어 있었다. 정원 여기저기에 동백나무가 있어, 종이꽃 같은 분홍, 빨간 꽃망울을 터뜨리고 있었다. 어머니가 꼼꼼하게 정원을 손질하는지, 땅에 떨어진 꽃은 한 송이도 없었다. 그리고 본 적조차 없는 감귤류 열매가 안쪽에서 밝은 오렌지색으로 빛났다. 정원은 마치 축제 같은 색으로 꾸며져 있었다. 동그랗고 예쁜 색, 겨울 하늘에 어울리는 축제.

그 정원을 보고 있을 때의 기분을 뭐라 표현하면 좋을까. 작은 공간인데 마치 웅대한 경치를 보고 있는 것처럼 마음이 환하게 트인다. 벼랑에서 저 먼 바다를 바라다보는 그런 기분.

나는 산속에서 할머니와 살았던 집을 이 세상에서 가장 좋아했고 또 자연과 조화를 이루고 있다고 생각했다.

그런데 그 정원은 정원이 아니라 천재의 작품이었다.

나는 조금은 의심스러웠다. 왜 사람은 자연을 그림으로

그리거나 사진에 담는 것에 만족하지 않고, 그것을 사용하여 작품을 창조하는 것일까? 인간과 자연의 조화라는 표현도 가능하지만, 다카하시 씨의 정원은 자연의 요소를 사용하여 그가 만들어 낸 인공적인 작품처럼 느껴졌다. 그것은 그의 머릿속 세계이며, 풀과 꽃과 나뭇가지는 그의 열의에 따르고 맞추기 위해 어떤 형태를 만들어 낼 뿐이었다.

몸은 부자유스러워도 다카하시 씨는 단 한순간도 인간이라는 희망을 잃지 않았다. 왜 인간은 자연만으로 충족하지 않는지, 왜 자연을 모방하여 작품을 창조하는지, 그 대답이 이 정원에 있는 듯했다. 눈앞에 있는 신의 멋들어진 창조물조차 단편에 지나지 않는다는 느낌이 들어서였을까? 이성적으로는 보다 많은 것을 알고 있을 것이다. 늘 보다 멀리 있는 그리운 무언가가 보이는 기분이다. 자연의 완벽함을 보고 있으면 그 무언가가 생각날 듯하다. 그래서 만들지 않을 수 없는 것이리라. 그런데 왜 그는 이렇듯 남다른 일을 시작했던 것일까? 몸을 자유자재로 움직일 수 없어서? 아니면 인생이 길지 않다는 것을 알았기 때문에?

하지만 내가 신이치로 씨의 얘기를 들으면서 느낀 다카하시 씨는 그렇게 격렬한 자아를 지닌 사람은 아니었다. 좀 더 투명하고, 동백나무 한 그루가 있으면, 계절 따라 변하는 나무를 보면서 행복해하는 사람인 줄 알았다. 이런 작품을 만들어 낸 정열은 어디에서 온 것일까?

나는 다카하시 씨를 존경하고 부러워하면서 이참에 조금이라도 더 많은 것을, 모든 것을 보고 싶어 그의 어머니를 좋아하게 될 만큼 그에게 다가서려 애쓰는 신이치로 씨를 손바닥 보듯 느낄 수 있었다. 그리고 속세의 일로 신경이 쉬 분산되는 한 절대 이런 정원은 만들 수 없으니까, 패배라는 결론을 이미 아는 신이치로 씨의 분함과 서러움까지 알 수 있었다.

그렇다. 나는 헤어질 때가 되어서야 다카하시 씨를 통해 신이치로 씨의 근간을 알게 된 것이다.

다카하시 씨의 세계는 사람이 마음으로 그린 낙원…… 꿈과 희망과 살아 있음의 증거였다.

무엇보다 '살고 싶다'는 메시지가 애절하게 전해졌다.

'이렇게 아름다운 세계를 늘 보고 싶어. 하루라도 더 오래.'

그것이 다카하시 씨가 하고 싶었던 말이었다.

사람의 마음은 본디 끝도 한도 없이 퍼져 나가는 것이라서 바람이 불 때마다 빛의 느낌이 바뀔 때마다 세계는 끊임없이 다른 얼굴을 보여 준다. 그래서 영원한 것이다.

그는 그런 것을 전하고 싶었던 것이리라.

지금은 꽃이 피어 있지 않은 장미원의 짙은 초록, 그리고 이름 없는 풀들, 잔디는 살랑살랑 기분 좋게 흔들리고, 장소가 비좁을 만큼 식물이 뒤얽혀 있는데 조금도 복잡하지 않다. 바깥의 소음마저 빨아들이고, 천상의 음악이 들려올 듯했다.

아주 넓게도 보이고, 좁고 빼곡하게도 보인다.

그 정원에 있는 내내 다카하시란 사람의 대단함이 전해졌다.

그의 마음속 풍경이 이렇게 멋진 것이었다면, 그것은 너무도 높은 곳에 있어 이 진흙탕 같은 세상에 그리 오래 있을 수 없었으리라.

나는 그곳에서 언제까지나 시시각각 변하는 빛을 보고 싶었다.

"이곳을 지키는 것이 내게 남겨진 일이야."

다카하시 씨 어머니의 말이 긴 침묵을 깼다.

"지금에야 겨우 아들에게는 식물을 사랑하는 진정한 재능이 있었다고 생각하게 되었어. 아들이 살아 있을 때는 너무 공을 들이니까 거드는 것만으로도 힘이 들어서 얄미웠던 적도 있었지. 지금은 그런 감정조차 그리워. 그래서 나 조만간 가게를 만들어서, 이 정원을 사람들에게 공개하려고 해. 일할 사람도 고용해서 제대로 지켜 가야지."

"다카하시가 그러기를 바라겠죠."

신이치로 씨가 말했다.

"때가 되면 초대할 테니까 둘이서 와요."

어머니는 아무 사심 없이 웃었다.

그런데도 알 수 있었다. 가에데의 절반에도 못 미치지만, 알려고 하지 않아도 알게 되는 것은 어쩔 수가 없다.

신이치로 씨가 거들어 주었으면 하는 것이 어머니의 속내이리라. 그리고 신이치로 씨 역시 죽을 때까지 이곳에서 일하게 될 것이다. 그것은 그의 운명. 나는 나의 생각을 순순히 수긍했다. 나는 그를 막을 수 없다.

지금 걸림돌은 나뿐이다. 나는 솔직하게 나 자신을 '걸림돌'이라고 생각했다. 질투도 하지 않고, 그저 멍하니 모든 것을 바라보기만 했는데도.

그리고 나는 깨달았다.

사실은 가타오카 씨와 가에데에게 신이치로 씨를 소개했을 때 이미, 마음 깊은 곳에서 반짝이는 진실을 아주 조금은 알고 있었다. 보지 않으려 외면하고 있었을 뿐.

우리의 관계는 둘만 있을 때는 언제까지라도 지속될 테지만 열린 세계로 한 발짝 나서고 나면 아무런 접점도 없다는 것을.

그것은 지금 확신으로 내 가슴을 짓뭉개고 있다.

"그 아이에게 있는 것은 시간뿐이었어. 건강한 몸도 마음대로 움직일 수 있는 자유도 없었지만, 정원을 가만히 바라보며 어디에다 무엇을 심을지를 생각하고, 모자라는 것을 음미하고, 벌레가 생기면 조심스럽게 손으로 잡고, 잎이 시들면 정성스럽게 떼어 내고, 흙이 힘을 잃으면 거름을 주고, 지렁이 한 마리 죽이지 않도록, 그런 일을 할 수 있는 시간은 남아돌아갈 만큼 많았지."

어머니가 말했다.

"이 정원이 그 아이의 전부였어."

"정말 풍요로운 인생에, 풍요로운 정원이로군요."

나는 다카하시 씨가 얼마나 오랜 시간을 이 정원에서 지냈는지 알 수 있었다. 인공적인 것의 궁극은 자연을 닮는다. 종이 한 장 차이가 된다. 그야말로 그 정원이 그랬다. 그리고 살아 숨 쉬면서 한없이 퍼져 나간다.

그리고 나는 알았다.

질투가 아니다. 아마 다카하시 씨의 어머니도 신이치로 씨도 몰랐던 것, 아니 알기는 해도 사실은 모르는 것. 그것은 다카하시 씨가 얼마나 오랜 시간을 이 정원에서 보냈는가이다. 얼마나 명석하게 이곳에 존재했는가이다.

나는 다카하시 씨의 작품에서 가에데의 환영을 보았다. 비슷한 마음으로 인생을 헤쳐 나가는 사람들이었다.

정원 구석구석에 그가 배어 있었다. 그는 잡초가 어떻게

돋아 어디를 향해 뻗어 나가고 어떻게 씨를 뿌리고 내년에 어떻게 될지, 그것까지 알고 있었으리라. 그런 모든 과정을 그는 보고 있었으리라. 내게는 그런 그가 보였다. 그리고 그의 냄새가 풍겼다. 팔뚝의 굵기까지 느낄 수 있었다.

그 순간 나는 다카하시 씨를 사랑했는지도 모른다. 아무튼 그는 압도적이었다.

이곳에서 그가 얼마나 철저하고 깨끗한 마음으로 지냈는지 신이치로 씨는 희미하게나마 알았을지도 모르고, 어머니는 이해하려고 애썼을지도 모른다. 하지만 이 두 사람의 손이 닿으면 다카하시 씨의 세계는 그저 아름다운 치유의 세계가 되고 만다. 그들의 느슨함 때문에.

아니, 그렇지도 않다. 어느 면에서 그는 이 세계에서 아주 오만한 왕이었고, 이 정원은 그의 사악한 저주이기도 하다. 나는 알 수 있다.

그 점을 꿰뚫어보지 못하는 그들에게 실망했다. 오만한 마음에서가 아니라 다카하시 씨에 대한 성실함으로.

"혼자서 잠시 정원을 돌아보아도 될까요?"

신이치로 씨가 물었다.

"비밀을 훔쳐 갈 생각인가 보네."

다카하시 씨의 어머니가 웃었다.

웃는 그 얼굴에서 내가 싫어하는 것이 언뜻 엿보였다.

비밀의 화원 79

굳이 말로 표현하자면, 현세적인 꿍꿍이속 같은 것.

만약 내가 이 사람들과 전혀 무관하다면 과연 어떨까? 하고 생각해 보았다.

그래도 싫게 느껴질까?

이런 때의 나는 몹시 냉정하다.

그리고 생각했다. 역시 싫다고.

이 정원을 바라보며 현세적일 수 있다는 것, 그것은 이 정원에는 필요한 요소겠지만 나와는 맞지 않는다고.

이 사람은 내게 싸움을 걸고 있다. 맞서 싸워야 하나?

하지만 내 안에서 그럴 마음이 일지 않았다. 아무리 찾고, 아무리 후벼 파도 나오지 않는다. 참 이상하다고 생각했다.

그런 마음이 생겼으면 좋겠는데, 안타까워 울고 싶을 정도로 부르고 있는데 대답이 없다.

그것은 역시 실망 때문이었다.

이 정도 꿍꿍이속조차 알아차리지 못하다니 얼마나 느슨한 사람인가. 아마도 자신과 식물의 관계가 제 마음 같지 않아 애를 끓이느라 인간관계는 미처 생각지 못하는 것이리라. 그러니까 그나마 다행이라고 생각하고 만다.

"옛날에 신이치로 씨는 늘 우리 아들하고 같이 있었어요. 우리 집에 같이 살고 있다고 착각할 정도로."

"혹시 그 시절 사진이 있나요?"

"네, 그 책꽂이 위에 액자 하나 있죠. 거기 있어요."

나는 책꽂이로 다가갔다. 역시 몸이 허약해 보이는 다카하시 씨 아버지와 어머니의 결혼 사진. 휠체어를 탄 다카하시 씨는 두 사람 사이에서 웃고 있다. 웃는 얼굴이 천사 같다. 그는 겉으로 보이는 허약함과는 달리 햇볕에 까맣게 타 있었다. 그리고 다이아몬드처럼 빛나는 눈. 나는 그에게 사로잡혔다. 이 눈은 특별한 사람의 눈, 이라고 생각했다. 그리고 다카하시 씨와 신이치로 씨가 학교 마당에 나란히 서 있는 사진도 있었다. 그 사진에는 옛날부터 착실해서 한번 하기로 마음먹은 일은 반드시 할 듯한, 가치 있는 눈동자를 지닌 신이치로 씨가 있었다.

다카하시 씨는 그런 신이치로 씨를 친구로서 얼마나 사랑했을까.

"둘 다 식물을 다루는 일을 하게 되다니, 정말 잘된 일이죠. 신이치로 씨도 어엿하게 자리 잡았고. 이즈의 선인장 공원에 있었다면서요?"

"네. 온실에서 선인장을 돌봤죠."

"역시 한창 젊었을 때 열중했던 일은 어른이 되면 열매를 맺나 봐요. 나를 만나러 와 줘서 얼마나 기쁜지 몰라요. 마치 아들의 모습을 다시 보는 것처럼요. 이제 내게는 이 정원 말고는 아무것도 없으니까."

말 자체에는 조금도 적의가 없는데, 왠지 나는 따끔따끔 조그만 질투를 느꼈다.

"정말 멋진 정원이네요."

온 세계에 다 들리도록 아름다운 목소리로, 분명하게. 그것은 나의 선언이었다.

"앞으로 의논할 일도 있을 것 같으니까, 잘 부탁해요. 이번 한 번으로 발길을 끊지 말고 종종 놀러 와요. 아무것도 없지만 언제든 식사는 대접할 테니까요."

그리고 나는 깨달았다.

신이치로 씨의 전 부인처럼 이 사람도 말없이 조용하면서도 자신이 원하는 것은 반드시 손에 넣는 사람이라는 것을. 나쁜 일은 아니다. 어떤 사람들은 그렇게 살고, 그렇게 인생을 헤쳐 나간다. 그러니 마음껏 그리 하시죠.

나는 내 세계에 속한 사람들이 그리웠다. 그러지도 않고 그러지도 못하는 사람들. 그 대신 많은 것을 지니고 있는 사람들. 가에데와 가타오카 씨와 할머니의 얼굴이 보고 싶었다. 그 사람들은 바보처럼 재주가 없고 들쭉날쭉하고 아무것도 할 줄 모르지만, 굳건한 자신을 갖고 있다.

"정말 멋진 정원이네요."

나는 다시 한 번 말했다.

선택은 신이치로 씨 스스로 하는 것이라고 생각하면서, 신이치로 씨는 쭈그리고 앉아 흙을 조사하고 있었다.
"정말 좋은 흙이로군요."
그는 그렇게 말했다.
"내가 식물이라면, 이런 흙에서 자라고 싶군요."
"지렁이가 있으니까, 대단한 거지."
다카하시 씨의 어머니가 적의를 잊고 말했다.
어떤 의미에서 이 적의는 서로를 반영하고 있을 뿐, 실제로 서로에게 존재하는 것은 아니다. 그녀는 아무 잘못이 없다. 다만 자신의 인생을 헤쳐 나가고 있을 뿐이다.
"지렁이가 한번 지나가면 흙이 보들보들 부드러워져."
생글생글 웃으며 어머니는 말했다. 지렁이는 물론 이 정원 모두를 사랑하는 것이리라. 그리고 신이치로 씨는 이 정원을 더 오래 보고 싶고 더 많이 알고 싶어 하리라. 다카하시 씨가 숨겨 놓은 비밀을, 가는 목소리로 속삭였을 유언을 되짚고 싶으리라. 시간은 얼마가 걸리든 상관없으니까, 혼자서 하고 싶다고, 아무에게도 양보하고 싶지 않다고, 그렇게 생각하고 있을 것이다.

여러 의미에서 다카하시 씨의 정원은 평생 잊지 못할 만큼 선명하게 내 가슴에 각인되었다.

괴로운 추억 속에 있어도 아무렇지 않을 정도로, 그곳은 마음의 오아시스였다.

그런 것을 보고 나면, '손대지 않은 자연이 가장 좋다'는 천편일률적인 말은 할 수 없다.

그곳을 떠나기가 힘겨울 정도였다. 마음은 떠나고 싶어 하는데 눈은 언제까지나 그 정원의 조화 속에 있고 싶어 하는 느낌이었다. 다카하시 씨의 세계에는 그런 마력이 있었다.

고결함은 물론 상당한 에로스를 느꼈다. 빨려 들어갈 듯했다. 자신이 여성이란 형태를 지닌 채 이름 없는 한 성으로 쑥쑥, 빙글빙글 휘말려들 것 같았다. 그 소용돌이 속에.

내 안에서 그 비전은 아름답고 달콤하게 줄기를 뻗었다. 나는 꽃이며 열매를 맺는 것, 그리고 세계를 풍요롭게 하는 것의 일부, 그런 기분이 들었다.

그 후로 이 주 동안, 그 문제는 잠자고 있었다.

우리는 매일 만났다. 이사 준비를 거들고, 밥을 먹고, 차를 마시고, 둘이 살 방에서 함께 잠들었다. 가족의 마지막 시간은 평화로웠다.

그것만이 유일한 구원인지도 몰랐다.

혹시 이대로 계속되는 것은 아닐까? 하는 생각과 아니

지, 이제 곧 끝날 거야, 란 생각이 뒤섞인 시간이었는데 평온했다.

그래도 그의 가방을 보거나 늘 둘이 산책하는 공원의 벤치를 보면 눈물이 주르륵 흘렀다.

나는 그 눈물의 의미를 생각하려 하지 않았다. 숨을 죽이고 잦아들기를 기다렸다.

그런 기간을 보낸 적이 있다는 아쓰코 씨와 같은 기분을 느꼈다.

그런 얘기는 해 봐야 아무 소용이 없으니까 애서 아쓰코 씨를 만나지도 전화도 걸지 않았지만, 그녀를 아주 가깝게 느꼈고 그녀라는 존재가 구원처럼 여겨졌다.

이 세상에서 이렇게 심경이 참담한 사람은 나뿐일 것이라고 생각하지만, 사실은 그렇지 않다. 그렇게 생각되었다. 누군가가, 그리고 모두가 지나가는 길이라고.

그리고 그때가 왔다.

"다카하시의 정원 일을 거들러 일주일에 두 번 정도 가려고 하는데."

끝내 신이치로 씨는 그렇게 말했다.

그때가 언제 올까 싶어 겁에 질려 있었는데, 정작 그 순간에는 오히려 조금 안도했다. 아아, 드디어 왔구나. 하지만 이제 이 괴로운 나날도 끝나겠지. 그렇게 생각했다.

그리고 그때가 가장 눈앞이 캄캄했다.

지금 이 순간과 그 전 순간을 잇는 것이 이미 하나도 없다. 무슨 수를 써도 돌아갈 수 없는 선을 넘고 말았다.

휙 하고 별다른 생각 없이 길에 그려진 선을 넘는 것처럼. 텔레비전을 보다가 날짜가 바뀌었을 때처럼.

차에 기름을 넣고 있을 때였다. 우리는 옆에 있는 자동판매기 앞에 서서, 따끈한 차를 마시면서 잠시 시간을 보내고 있었다.

가슴이 아파서 서 있을 수 없을 정도였다.

안 그래도 구름 낀 하늘이 밑으로 좍 깔리는 듯했다.

그리고 빗방울이 후드득후드득 떨어졌다.

"알아, 신이치로 씨. 앞으로 계속 그 사람 일 거들 거지?"

나는 그렇게 말했다. 일찌감치 말해 버리기로 했다. 어쩔 수 없다. 알고 말았으니까, 돌아갈 수 없다.

"일주일에 두 번이라고? 사양할 거 없어. 당신이 정말 하고 싶은 일을 해."

신이치로 씨는 아무 말이 없었다. 미간을 찌푸리고 먼 곳을 바라보고 있었다. 하지만 그 옆얼굴조차 이제는 나를 가장 우선하는 보호자의 얼굴이 아니었다.

그리고 잠시 후, 그가 말했다.

"잘 생각해 볼게. 미안해."

모든 게 달라서 매력을 느꼈는데, 이렇게 모든 것이 다를 수 있다니 정말 슬픈 일이었다.

"그리고 일단은, 이사하지 마."

"뭐?"

정말 놀란 듯했다.

"이사 오고 나면, 다시 가게 하고 싶지 않을 테니까."

"저 말이지, 모든 사람들이 당신이나 당신 할머니처럼, 이건 진실이 아니니까 그만두고 이건 진실이니까 움직이고, 그렇게 살지는 않아. 아니 적어도 나는 그래."

"하지만 알고 있으면서 그냥 바라만 보기가 괴로워. 그런 마음은 이해할 수 있지?"

"뭘 안다는 거야? 왜 그렇게 독선적이지? 우리 두 사람 일인데."

"난, 앞날에 괴로운 일이 기다리고 있는데, 그렇다는 걸 잘 알고 있는데 억지를 부리고 싶지는 않아. 잘 생각해 봐. 그 정원 일을 거드는 건 신이치로 씨가 꼭 해야 할 일이고, 성격에도 맞잖아. 마음은 아프지만, 그렇다는 거, 당신도 알잖아? 그리고 시간을 두고 천천히 두 사람은 서로에게 이끌리고, 없어서는 안 될 존재가 될 거야. 그게 비록 플라토닉한 것이라도 난 받아들일 수가 없어."

"그런 논리라면 아무도 만날 수가 없지. 그곳에서 일하지 않아도, 새로운 직장에 가면 여자들이 많잖아."

참 시답잖은 소리를 하네, 하고 생각했다. 그런 게 아닌데 얼버무리려 하고 있다. 정말 나약한 남자네.

"그런 차원의 얘기가 아니야. 내게 신이치로 씨는 특별한 존재라고. 나는 부모가 없으니까 신이치로 씨가 부모를 대신하는 사람, 보호자야. 그러니까 당신이 내가 아닌데, 진심으로 보호해야 할 사람을 만나게 되면, 그 사람이 내 자매가 아닌 이상 받아들일 수 없어."

"정말, 정말 특별한 사람인걸. 그건 믿어 줘. 당신은 직장에도 친구들이 있잖아. 부모보다 당신을 소중하게 여기는. 욕심이 많다."

"지금 내게 가족은 신이치로 씨밖에 없어. 당신이 좋아하는 사람과 서로를 뒷받침하면서, 그러다 서로에게 이끌려 가는 것을 보면서 같이 살 수는 없어."

"난 당신의 부모가 아니야."

신이치로 씨는 냉정하게 말했다.

"부모라고 생각한다면, 언젠가는 관계가 이상해질 거야."

그렇지 않아, 난 당신과 함께 살아가고 싶어. 그래서 다카하시의 정원을 보러 갔던 거야. 그런 말을 기다렸지만, 아무 대답도 들리지 않았다. 먼 하늘에서 우는 까마귀 소리만 울렸다.

 마치 맛있는 먹을거리처럼, 정원과 어머니와 보람찬 새일, 신이치로 씨가 원하는 모든 것이 그 집에서 세트로 신이치로 씨를 기다리고 있었다. 몇 번을 생각해도 그렇다. 지금 불필요한 것은 오히려 나다.

 진실이란 때로 이렇게 잔인하고 노골적이다. 나는 그런 생각을 하면서, 상처 난 생물처럼 꼼짝 않고 있었다. 되도록 아무것도 움직이지 않게, 물론 마음도.

 "아무튼 이사는 하지 말고 생각해 봐. 나와 그 사람을 동시에 얻으려는, 그런 잔인한 생각은 하지 마."

 "잔인한 건 당신이지. 당신이 생각하는 내가 아니면 곁에 있지 말라니, 너무 이기적인 거 아냐? 그래, 난 옛날에 그 사람을 좋아했어. 하지만 지금은 다카하시의 유지를 어떻게든 잇고 싶을 뿐이야.

 그 마음이 어떻게 발전할지는 나도 몰라. 어쩌면 당신 말대로, 당신이 예상하는 대로 될지도 모르지.

 하지만 아직 일어나지도 않은 일을 가지고 싫다면서 떠밀어내려고 하다니, 그렇게 단순한 당신 마음에서 나를 진정으로 생각하는 애정을 찾을 수 있을까?"

 정말 그러네, 하고 생각하고 말았다.

 어쩌면 그렇게 딱 부러지는 말을 할 수 있지 싶어 황홀해지고 말았다.

그렇다고 그 말을 받아들여야 하는지는 알 수 없었다. 내가 정말 좋아하는 것은 일, 그리고 가에데. 내게는 가에데밖에 없다. 가에데를 좋아한다. 가에데만으로 충분하다. 그 관계가 어떤 식으로 뒤틀려도.

가에데를 따르고 싶다. 그뿐이었다, 사실은.

그렇다고 가타오카 씨에게서 가에데를 빼앗아 결혼하는, 그런 단순한 세계는 원치 않는다. 분하다고 억지를 부리는 것이 아니다. 그런 결과에는 흥미가 없다. 가에데와의 관계는 지금이 최상이고 그것을 어떻게 하면 오래 지속시킬 수 있을지, 내 인생 최대의 관심사는 거기에 있다.

그렇다는 것을 알고는 있지만, 그래도 슬프다. 슬픈 것은 변함이 없다.

"신이치로 씨, 하지만…… 누가 뭐라고 해도 난 그 여자가 좋게 보이지 않아. 난 그 사람이 싫어. 그 사람의 말투도 입고 있는 옷도 다 싫어.

다카하시 씨는 그 사람과 함께 지내면서 아마 숨이 막혔을 거야. 그리고 솔직히, 그렇게 숨 막히는 세계에 굳이 발을 들여놓으려는 당신을, 난 이해할 수 없어. 이해할 수 없고, 성격도 맞지 않는다고 생각해.

물론 정원은 멋지고, 나는 그 정원을 좋아해. 다카하시 씨도 좋아하고. 하지만 그 여자는 전부 마음에 들지 않아. 그 사람은, 그래 여자로서는 완벽할지도 모르지. 하지만 창작을 방해하는 사람이야. 다카하시 씨는 그 사람의 보살핌 속에서 너무 숨이 막혀 견딜 수가 없어서 그 정원을 만들었을 거야. 그러니까 크게 생각하면 필요한 사람이었고, 필요한 힘이었겠지. 하지만 나는 그런 걸 좋아하지 않아. 이건 질투가 아니야."

내 안에 있는 격한 감정에 놀랐다. 하지만 말하고 말았다. 그것은 좋고 싫음과 삶의 양식의 문제지 남녀의 문제가 아니었다. 질투도 아니었다.

나의 뇌리에 아쓰코 씨가 스쳤다. 나만큼이나 이기적인 종족에 재주는 없지만 섹시한 생물이. 눈물이 살짝 나왔지만, 분해서 닦아 내지도 않았다.

"당신이 무슨 말을 하는지 이해는 돼. 하지만 왜 그렇게 가혹하게 말하는지, 그건 이해가 안 돼. 사람이 사람으로 살아가는 것을 모욕하는 말투 같아. 그리고 그건, 내가 느끼기에, 당신이 가진 최대의 매력이기도 했지."

그의 눈에서 눈물이 빛났다. 그리고 나에 대해 말하면서 과거형을 사용했다. 그렇게 끝났다고 생각했다.

나는 그 꿈속에서처럼 눈길을 돌렸다. 그의 옆얼굴이 내 시야에서 사라졌다.

비밀의 화원

이 세상 끝까지 함께 걸어가자고, 이제는 그렇게 말할 수 없다. 길은 갈렸다.

침묵이 이어졌다. 돌이킬 수 없는, 그러나 귀중한 침묵이었다.

우리의 몸 전체가 서로를 그리워하고 있었다. 모든 것을 잊고 서로를 껴안으면 다 없었던 일로 할 수 있다고 외치고 있었다.

하지만 그것도 잠시, 다시 똑같은 일이 생긴다. 더 혹독하고 더 괴로운 형태로 벌어지리라는 것을 알기에 우리는 손조차 마주 잡을 수 없었다.

"어머, 신이치로 씨, 저것 좀 봐. 빗물에 번져서 저 건너 불빛이 동그랗게 빛나네. 정말 예쁘다."

신이치로 씨는 대꾸하지 않았다.

그것은 정말 예뻤다. 가로등 불빛 너머로 길 양쪽 간판의 파란 빛이 비쳐 이중으로 뽀얗게 빛나고 있었다. 길도 무지개 색으로 젖어 있었다.

신이 나의 슬픔을 위로하기 위해 보여 주는 것 같다고 생각했다. 경치가 대신 울어 주니까, 나는 눈물을 흘리지 않았다. 다만 마음속은 갈가리 찢어져 피가 맺힐 정도였다.

기대는 남김 없이 무너졌고, 나쁜 예상은 모두 맞아떨어졌다.

이 무슨 일이람. 하지만 내 마음속 어느 한곳은 이게 올바른 길이라는 것을 알고 있었다. 그렇게 알고 있다는 것이 가장 슬펐다. 이제 된 거야, 이렇게 돼야 했던 거야. 내 마음이 조그맣게, 그러나 또렷한 목소리로 말하고 있었다. 나는 지금까지 그 목소리를 따라 살아왔다. 그 목소리를 무시하면 잠깐은 무마될 수 있어도, 언젠가는 같은 곳에 돌아오고 만다. 그것도 알고 있었다.

 그리고 그 빨려 들어갈 듯 아름다운 파란 빛 속에서, 우리는 영원히 헤어졌다.

 둘이서 살기로 한 방에서 혼자 살자니, 뭐라 말할 수 없이 허망했다.

 방이 좀 넓어졌을 뿐이야. 나는 마음속으로 그렇게 말했다.

 신이치로 씨가 쓰기로 한 방에 선인장을 잔뜩 들여놓고, 식물을 말리거나 부실해진 식물을 돌보기 위해 조그만 온실을 만들었다. DIY용품 가게에서 재료를 사 와서 설계도까지 대충 만들고, 모자라는 것이 있으면 또다시 가게로 향하고. 엉성하지만 열심히 온실을 만들었다.

 그의 방에 그가 없으니까 더욱이 즐거운 일에 사용해야 했다. 게다가 몸을 움직이지 않으면 전원이 꺼져 버릴 것

비밀의 화원

같았다.

그리고 기분 전환 삼아 입욕제를 만들기 시작했다.

약초술도 생각해 보았지만 술을 별로 좋아하지 않아서 정열을 쏟을 수 없었다. 그래서 입욕제로 바꿨다.

입으로 들어가는 것이 아니니까, 깨끗하게 씻기만 하면 채소 가게 앞에 버려진 무청이나 말라비틀어진 마늘, 강아지가 오줌을 쌌을지도 모르는 길가에 핀 민들레도 사용할 수 있다. 공간이 좁아도 넉넉히 말릴 수 있다.

문제는 효과를 체크하기가 쉽지 않다는 점이다.

차는 오랜 세월 마셔 왔고 할머니의 가르침이 몸에 배어 있으니까 어떤 효과가 있을지 대충 짐작할 수 있는데, 목욕은 하기만 해도 몸과 마음이 상쾌하고 가뿐해지니까 아무래도 애매하다. 풍성한 감각으로 몇 번이든 스스로 실험해 보지 않으면 잘 알 수 없다. 차처럼 병을 낫게 하는 것이 아니라 하루하루의 피로를 풀어 주고 힘을 보강하는 입욕제. 그렇게 사고를 전환하지 않으면 입욕제는 성립하지 않았다.

그 일에 집중하는 것이 내게는 큰 구원이었다.

그리고 너무 울적해서 목욕조차 귀찮은 밤에는 입욕제가 그런대로 보탬이 된다. 참 비참한 감정이지만, 누군가와 함께 목욕을 하고 있는 느낌이 든다.

레몬그라스와 귤잎으로 만든 입욕제로 목욕을 한 가에데가 다음 날 웃는 얼굴로 말했다.

"잘 보이지 않으니까 위험하기도 하고, 유럽에서 생활한 시간이 길어서 욕조에는 잘 들어가지 않는데, 어제 얼마 전에 준 입욕제로 목욕을 했더니 피로가 싹 가시더군."

"아아, 그거. 상큼하고 좋은 향이 나죠?"

"음. 향이 창포탕하고 비슷해서 옛날 생각이 나는 것 같다고 가타오카 씨가 그러더군."

"어머, 같이 목욕했어요? 징그럽게."

놀리면 얼굴이 발개지는 가에데가 귀여웠다.

"그런데 창포탕이 뭐예요?"

"그걸 몰라? 여자라서 그런가. 그런 건 할머니가 꼼꼼하게 가르쳐 주었을 것 같은데."

"전혀 몰라요."

"오월 오일 단옷날에, 창포라고 그 유명한 꽃이 피는, 왜 있잖아, 붓꽃처럼 생긴 꽃. 그 식물의 잎을 따서 욕조에 담가 사악한 기운을 물리치고 건강을 비는 풍습이 있거든. 왜 떡갈나무 잎에 싼 찰떡도 먹잖아. 너, 일본 사람 맞아?"

"아, 그래서 그날 찰떡을 그렇게 많이 파는 거였군요. 그래도 창포탕은 몰랐네."

"난 식물에 대해서는 아무것도 모르지만, 그 상큼한 향을 꽤 좋아했거든. 어린 시절이 그리워지고. 어머니가 조심스럽게 따서 다발로 묶어 욕조에 담가 뒀거든. 그러면 욕조 뚜껑을 열 때 그 향이 뜨거운 김과 함께 모락모락 피어올랐어."

"왜 하필 창포를 사용했을까?"

"그 계절에 피는 꽃이라서 그런 거 아닐까? 향도 좋고. 그리고 남자들의 절기에 사용하는 거니까 아마 '승부'* 란 의미도 담겨 있을 거야. 아버지와 함께 목욕했던 기억이 생생하게 떠올랐어. 까맣게 잊고 있었는데 말이야. 풀피리를 불어 준 기억도 나고. 창포는 속을 빼내고 불면 삐 삐 하고 소리가 나거든."

"가에데에게도 어린 시절이 있었네요. 올 오월에는 꼭 사 오죠."

그 시절, 이 영리한 사람을 가족들이 얼마나 애지중지했을까 하고 생각했다. 가족이 그를 위해 고르고 골라 사 온 창포는 특별히 파릇파릇하고 좋은 향을 풍겼으리라. 그 풍경 속에 아쓰코 씨도 있어, 내 상상 속에서는 마치 낙원 같았다.

그곳은 다카하시 씨의 정원처럼 예술적이지는 않지만

---

* 창포와 승부는 발음이 같다.

무언가에 압도적으로 빠져 있는 암울한 뒤틀림도 없었다. 아이가 어릴 때만, 부모가 건강할 때만 가능한 짧은 여름 같은 세계.

"따 와도 되고."

"공원에서 따면 범죄야."

가에데는 웃었다.

"향과 함께 행복했던 기억이 되살아나서 사람을 살리는 경우도 있으니까, 그 어떤 약보다 효과가 있을지도 모르죠."

그러고 보니, 신이치로 씨와 헤어진 후 근교에 있는 산에서 조릿대를 꺾어 와 욕조에 담가 본 일이 있었다. 파릇파릇한 잎이 달려 있는 채로 집어넣고 몸을 담갔다. 나머지 입욕제에 사용할 것은 말리고.

내게 조릿대는 고향의 향기다. 할머니의 추억이다.

따끈한 물에서 그 특유의 싸하고 청결한 향이 피어올랐을 때, 내 몸은 푸근한 것에 감싸인 느낌에 녹아들었다.

좋은 일, 그리운 일, 나를 구성하고 있는 멋진 일 모두가 나를 감쌌다. 빛처럼, 양지처럼, 그리운 집 방바닥의 보송보송한 감촉처럼.

나는 축 늘어진 조릿대 잎을 볼에 비비며 "고마워."라고 소리 내어 말했다.

온 세계에 돋은 조릿대에 대한 감사함이 내 마음 한가득 차올랐다. 실제로 온 세계의 산에 사는 조릿대에게 전해져 그들의 몸이 사락사락 흔들리지 않았을까 싶을 정도로 그 마음은 스르르 하늘로 올라갔다.

그것은 진정한 감사였다. 애써 신경을 쓰는 것도 아니고, 고맙다고 입만 움직이는 것도 아니고, 끓어오르는 것이었다.

그리고 진정한 감사의 마음을 만끽하게 해 준 것에도 나는 감사했다.

조릿대도 나도 살아 여기에 있고, 그리고 서로를 좋아한다. 누구와 함께 있는 것처럼 조릿대와 나는 욕조 안에서 서로의 몸을 기대고 있었다. 생명과 생명이 그 조그만 욕조 안에서 서로에게 기대 있었다.

"일 년에 단 한 번, 그날에만 몸을 담글 수 있다는 것도 좋은 일이겠지."

내가 무슨 생각을 하는지 모르는 채 가에데는 천진하게 말했다.

"다행이다. 있어 주는 거지, 오월에도?"

생각지 못한 반응이었다.

"며칠 지나면 오월인데, 그럼 있죠."

나는 놀라서 그렇게 대답했다.

"왜 그런 생각을 했어요?"

"아니, 그냥."

가에데는 신이치로 씨에 대해 분명하게 말하는 것을 줄곧 피해 왔다.

"혹시 그 사람하고 같이 살기 위해서 먼 데로 가는 건 아닐까 했거든."

"그렇게 신기한 힘을 갖고 있으면서, 그 사람이 멀리 있다는 것은 아는데 왜 내가 그만둘지 그대로 있을지는 몰라요?"

나는 웃었다.

"신이 나를, 자신에 관한 일은 잘 모르도록 만들었으니까 그렇지."

가에데는 부끄러운 듯 그렇게 말했다.

나도 가끔 이렇게 생각한다. 가에데가 앞이 보이면 신의 눈에 띄지 않는 먼 곳으로 가 버릴 테니까 가까이서 보고 싶은 신이 가에데의 눈을 그렇게 만든 것이 아닐까 하고. 하지만 나 역시 겸연쩍어서 그런 말을 하지 못했다.

"걱정 마요, 그만두지 않을 테니까. 이곳은 내게 가장 소중한 일터니까."

가에데는 기쁜 듯 싱긋 웃었다. 나는 그 아름다운 얼굴을 꼭 껴안듯 가슴에 간직했다.

말할까 말까 잠시 생각하다가 말하지 않은 것이 아직 있었다.

'나는, 신이치로 씨가 언젠가는 죽는다는 생각을 했어요. 딱히 심각하게 생각한 것은 아니지만, 그냥, 같이 살다가 언젠가는 죽겠지, 하고. 그리고 신이치로 씨가 나보다 먼저 죽으면 안 되는데, 하고. 외롭고 불안하고 겁나니까.

그런데 가에데의 죽음을 생각했을 때는, 가에데보다 내가 더 오래 살아야 하는데, 하고 생각했어요. 임종을 지켜야 한다고. 그때 그렇게 가까운 입장에 있을지 어떨지는 알 수 없지만, 아무튼 그냥 막연하게 그렇게 생각했어요.

그리고 알았어요. 신이치로 씨를 좋아하는 마음은 그저 단순한 연애 감정이고, 가에데를 좋아하는 마음은 보다 큰 것과 이어져 있다는 것을. 사랑은 아닐지 몰라도.

그리고 다른 연애라면 앞으로 키워 나갈 가능성이 있지만, 신이치로 씨를 향한 마음은 아쉽게도 막다른 골목에 와 있고, 그것은 돌파구가 없는 골목이라서 나는 벗어날 수가 없어요. 신이치로 씨와는 더 이상 함께할 일도 없고, 발전시켜 나갈 일도 없어요.

하지만 가에데를 생각하는 마음은 퐁퐁 물이 솟는 샘처럼 마르지 않고 게다가 커 가고 있어요. 처음 만난 날부터 계속.'

그리고 현실에서는 조금 슬퍼졌다.

가에데는 아까 '먼 데'라고 말했다. 그의 능력으로 보아, 그 말이 빗나가지 않을 것은 분명하다. 신이치로 씨는 지금 다카하시 씨 집에서 가까운 곳에 살고 있다.

뭐야, 빨리도 그녀 곁으로 이사 갔네, 신이치로 씨. 피장파장이네, 하고 생각했다. 기대했던 것은 아니다. 하지만 잠시도 나를 기다려 주지 않았네, 하고 생각했다.

이미 끝났다는 것을 알기 때문에 우리에게 남아 있는, 진정 서로가 좋아하는 아주 작은 부분이 애써 함께 살기 위해 기도했던 것이리라. 그 작은 부분이 지금도 욱신욱신 아픈 것이리라.

그 아픔은 같은 하늘 아래 사는 신이치로 씨에게도 있을 것이다. 지금은 그것만이 우리 두 사람이 공유하는 것이다. 그래서 그나마 기뻤다. 나를 하루에 한 번은 기억해 주리라. 억울함과 함께일 수도 있겠지만, 떠올려 주리라.

휴대전화의 번호를 바꿔야 하나 그대로 둬야 하나, 수도 없이 망설였다.

나는 오래된 기종을 끈질기게 사용하고 있는 터라, 둘이 떨어져 살았던 시절의 재미나는 문자가 많이 남아 있어, 묵직한 느낌에 갖고 다니기도 힘겨웠다. 하루에 한 개씩

삭제해 보았지만, 불현듯 마음이 약해져 보고 나면 계속 보고 싶은 자신과 암울한 싸움을 해야 했다.

전화는 그저 도구일 뿐이라고 생각했는데 이렇게 보기만 해도 마음이 무거워지는 물체로 바뀌어, 깜짝 놀랐다. 역시 텔레비전과 마찬가지로 도시의 마법인지도 모른다.

어찌 되었든 전화는 오지 않았다. 조금은 기다렸지만, 오지 않았다.

아니나 다를까 그는 그 동네에서 집을 구한 듯하다.

얼마 후 이사했다는 엽서가 날아왔다. 그렇구나, 아직 그 집에 가서 살지는 않는구나. 하기야 시간문제지 뭐, 하고 투덜거리면서도 나는 신이치로 씨의 글씨에 울었다.

신이치로 씨의 글씨는 여관에서 투숙 장부를 적을 때 몇 번 보았을 뿐이다. 등을 구부리고 이름을 쓰는 그의 모습이 떠올랐다. 내 이름을 쓰는 그의 모습이. 이 엽서도 같은 자세로 썼으리라. 그리고 내 이름을 쓰면서 그의 뇌리에도 그 여관의 프런트가 스쳤으리라.

프런트 너머로 대연회장이 보인다. 목욕을 하고서 그곳에서 저녁 먹을 시간을 기다리던 때의 기분을 잠시나마 되새겨 주었을까.

돈도 없으면서, 반년은 책임지고 집세를 보내 주겠다던 신이치로 씨는 집세만큼의 돈을 은행으로 보내 주었다. 하지만 금방 이사했는데 또 혼자 살 집을 구하러 나설 기분이 나지 않았다. 조금은 벅차지만 일자리가 안정적이니까 계약 기간이 끝날 때까지 이 년 동안은 이곳에서 살아 보리라 생각했다.

얼마 전, 둘이 신이 나서 부동산에 갔을 때는 이런저런 일이 있었지, 하고 기억이 되살아나니까, 괴로워서 도저히 집을 보러 다닐 수 없다. 무슨 일을 해도 온 세계가 추억이란 고문으로 가득했다.

물론 가에데는 일찌감치 눈치 챘을 것이다.

그리고 무슨 일이 있었는지도 알고 있을 것이다. 그런데도 아무 말 하지 않았다. 무슨 일을 하다가 아주 걱정스러운 표정으로 내 쪽을 문득 바라보는 일이 몇 번이나 있었다.

물론 나도 가에데가 알고 있다는 것을 진작부터 알고 있었다. 그때, 신이치로 씨가 먼 데서 살게 되었다는 얘기가 나오기 전에, 아아, 알고 있구나, 내가 너덜너덜한 걸레 같은 상태라는 것을 이미 꿰뚫어 보았구나, 하고 생각했다.

나는 그런 때, 어떤 커다란 것에 안겨 있는 푸근함에 방긋 웃었다. 괜찮아, 나 스스로 결정한 일이니까. 어딘가 멀리에 정말 하고 싶은 일이 있고 가고 싶어 하는 사람의 몸하고만 같이 살기는 싫으니까, 하고 나는 마음속으로 대답했다. 그리고 실제로도 안심했다.

둔감한 가타오카 씨는 마주칠 때마다 놀려 댔다.

"애인하고 사니까 재밌어? 저런, 눈 아래가 아주 시커멓군."

나는 설명할 기력도 없어 그저 웃기만 하고는 하던 일에 몰두했다. 하루하루가 느슨하게 지나갔다. 그저 마음속의 거친 황무지가 원래대로 돌아와 주기를 잠자코 기다릴 수밖에 없었다.

그냥 내버려 두고 싶었다.

하루하루가 지나가는 과정에서, 한 방울 한 방울, 건강해지기 위한 물이 고여 간다. 그것만으로 생을 이었다.

헤어져야 한다고 이성적으로 아는 것과 인연을 실제로 끊는 것은 아주 다르다.

미련 없이 딱 끊은 만큼, 오히려 시간이 오래 걸린다.

그날, 예약을 취소한 손님이 있었다.

흔치 않은 일이라서 아무튼 취소 수수료를 은행으로 보내 달라고 하고서 날짜를 다시 잡았다. 한숨 돌리면서 뒷정리도 하고 사무적인 작업을 하고 있을 때였다.

점을 보기가 겁이 나서 예약을 해 놓고도 주저하는 사람이 간혹 있다.

가에데는 수수료는 필요 없다고 하지만 가타오카 씨 생각은 다르다.

"그런 사람은 같은 일을 몇 번이나 반복할 가능성이 있으니까, 조금은 받아 두는 게 좋아."

나는 예약이 늘 밀려 있어 바쁜 가에데에게서 시간을 확보하고 정신 상태를 가다듬는 시간을 빼앗아 간 벌금이라고 생각했다.

그런 사소한 일 하나하나를 어떻게 설정하고 어떻게 지켜 나가느냐에 따라 이 일에 대한 관점이 달라진다.

만약 느슨하고 너그러운 가에데 혼자 이 일을 한다면 지금 같은 질서는 없을 것이다.

"딱히 돈을 벌고 싶은 것은 아니야. 가에데가 지금 생활을 유지할 수 있는 환경을 만들고 싶을 뿐이지. 나도 언제 치정극에 휘말려 사라질지 알 수 없잖아."

가타오카 씨는 돈 얘기를 할 때마다 얄미운 소리를 했다.

그런데 취소 수수료의 효과는 과연 있는 모양이다. 지불하지 않고 감감무소식인 예가 두 번,(그런 손님은 애당초 인연을 맺지 않는 편이 좋아, 라고 가타오카 씨는 말했다.) 지불하고 예약을 다시 한 사람은 어떻게든 정보를 많이 얻으려고 벼르고 벼른 탐욕스러운 자세로 나타났다.

가타오카 씨의 방침이 보편적으로 옳아서가 아니라 방

침을 세운 가타오카 씨의 자세가 상대에게 긍정적으로 전해진 것이리라.

이쪽으로서는 무언가를 얻으려고 오는 사람이 모든 것을 맡기는 사람보다 대하기가 쉽다. 물론 가에데도 그러리라고 생각한다. 모든 것을 맡기고 무슨 수든 써 달라고 하는 사람은 마음의 문을 연 듯 보이지만 실은 굳게 닫고 있어, 그것을 열기까지 무모한 에너지를 사용해야 한다.

그날 오후 어쩌다 생긴 틈이 가에데에게는 작은 선물이었다.

날씨는 꾸물꾸물, 먼 하늘은 회색으로 빛났지만 바로 머리 위에 있는 구름은 시커멓게 당장이라도 비를 뿌릴 듯했다.

가에데가 저기압 때문에 머리가 좀 아프다고 해서 나는 따끈한 핫팩을 가에데의 목에 대어 주고 몸을 덥히는 차를 끓이는 중이었다.

나는 이 일을 그만둘 마음이 없지만 언제 무슨 일로 이곳을 떠나게 될지는 알 수 없다. 그래서 가에데의 모든 것을 다 알아서 척척 해 주지는 않는다. 필요할 때 필요한 일을 정확하게 하는 정도다. 다 알아서 척척 해 주는 것은 상대를 떠나지 못하게 하는 흑마술이다. 나는 가에데를 그렇게 만들고 싶지 않았다.

다만 날마다 최선의 상태에서 그날 일을 끝마칠 수 있기를 바랐다.

내 목에 걸린 비취를 가리키며 가에데가 말했다.

"아까 그게 마음에 걸렸는데, 그 돌 좀 보여 줄래?"

머리도 아프다면서 굳이 하지 않아도 된다고 거절했지만, 가에데는 애써 집중할 준비를 했으니까 눈을 사용하고 싶다고 했다. 그 눈은 마음의 눈, 제3의 눈이라고 생각한다.

그 정도야 운동 선수가 경기가 중지된 덕분에 몸 상태를 조절하는 수준이겠다 싶어서, 고개를 끄덕였다.

가죽 끈에 묶어 목에 건 동그란 뱀을 가에데에게 건넸다. 가에데가 살며시 그 돌을 쥐었다.

"할머니가 마당에 사람 뼈를 묻는 장면이 보여."

"뭐라고요? 누구 뼈인데, 설마 할아버지? 설마, 설마 우리 부모?"

나는 너무도 놀라서 물었다.

나는 우리 부모에 대해서는 아무것도 모른다.

"아니, 그렇지는 않은데. 할머니는 알고 있어. 뭐라고 말은 잘 못 하겠지만, 할머니가 죽인 건 아닌 것 같아."

그렇게 세세한 것까지 거리낌 없이 말하다니, 가에데에게는 드문 일이었다. 그렇다면 할머니가 죽인 것은 아니라고 생각했다. 나는 할머니의 과거에 어떤 희한한 일이 있어도 이상할 것 없다고 생각했다.

"실은…… 내가 어렸을 때, 마당으로 들어온 고양이가 죽어서 치자나무 옆에 묻어 주려고 땅을 판 일이 있어요."

지금까지 마음 어딘가에 묻어 두고 가능하면 생각지 않으려 했던 일이다. 그래서 할머니는 물론 아무에게도 하지 않은 얘기였다.

일단 말을 꺼냈지만 뒷말이 좀처럼 이어지지 않았다.

내가 그 사실을 얼마나 크게 생각하고 있었는지, 가에데 앞에서 비로소 깨닫게 된 순간이었다.

"그랬더니 사람 뼈가 나왔어요. 두개골의 일부분이. 어느 모로 보나 개나 고양이는 아닌, 사람 뼈였어요."

"그랬어?"

가에데는 그리 놀라는 투가 아니었다. 직업상 놀라지 않도록 단련돼 있는지도 모른다.

"그래서?"

"다시 흙을 덮고 그 옆에 고양이를 묻었어요. 칼슘 덕분인지 그 후에도 치자나무는 해마다 꽃을 소담스레 피웠죠. 그게 끝이에요. 할머니에게는 아무것도 묻지 않았고, 그리고 이 돌과 그 일은 무관해요."

할머니의 기분이 별로 좋지 않을 때나 인간으로서의 대

단함이 느껴지는 순간, 내 마음속에서 그 뼈가 스쳐 지나갔다. 내게는 부모가 없다는 생각을 할 때나 물어서는 안 된다고 생각할 때도, 흙 속에서 하얀 뼈가 나왔던 그때의 뭐라 형용할 수 없는 느낌이 되살아났다.

"물론 할머니가 그 뼈와 무슨 관련이 있는지, 그게 마음에 걸리는 거겠지?"

"네."

나는 고개를 끄덕이면서 대답했다.

"내가 본 바로는, 할머니는 그 일에 관해서 조금은 알고 있지만, 사람을 죽이지는 않았어."

"아, 다행이다."

그리 다행한 일도 아닌데, 나는 그렇게 말했다.

지금쯤 발견되었을까? 아니면 아직도 산 중턱에서 잠자고 있을까? 개발 사업이 진행되어 언젠가 발견되면, 할머니와 내게 연락이 올까? 그럼 누군가가 범인으로 붙잡히게 될까?

그런 생각은 하지만, 시간은 쉬지 않고 흘러가 나는 늘 그 일을 잊고 만다. 악몽처럼 잊어야 할 일로서. 생각하기에 따라서는 큰일이지만, 나는 아직 어렸고 깊은 산속이어서 그런 식으로 무마되었는지도 모른다.

"이 뱀은 언제든 사람에게 도움을 주고 싶어 해. 이 형태로 세공되기 전에는 어떤 친절한 사람의 집에 원석인 채로 묻혀 있었던 것 같아. 현관 앞이나 뭐 그런 데에. 그리고 그 집 사람들을 지켜 주었고. 그 가족들이 이 돌을 나누어 가지려고 뱀 모양으로 세공을 한 걸 거야. 여기, 여기 있는 이 검은 얼룩은……."

잘 보이지 않을 텐데, 가에데는 돌에 있는 깨알만 한 점을 똑바로 가리켰다.

"그 뼈를 묻을 때, 아, 이건 중요한 일인데, 사람을 묻은 게 아니고 뼈를 묻은 거야. 할머니가 어떤 결심을 했을 때 생긴 듯한데, 시즈쿠이시가 몸에 지니고 있으면 언젠가 사라지지 않을까. 기꺼이.

돌에게 '기꺼이'란 말을 쓰는 게 좀 이상할지도 모르겠지만, 달리 표현할 길이 없어. 이 돌을 매일 보는 사람이 조금씩 비축한 에너지가 점차 늘어나면서 생명을 지니게 되는 식이지. 그런 일이 간혹 있어. 그리고 만약 타이완에 갈 기회가 있으면, 이 돌을 가져가. 타이완의 자연을 보여 주면 아마 은혜를 갚을 거야. 아니, 시즈쿠이시는 타이완에 갈 거야. 보여."

가에데도 할머니가 했던 말을 반복했다.

"타이완…… 아쓰코 씨도 그러던데. 하지만 갈 일이 있겠어요?"

나는 말했다.

"타이완에서 비취 수리하는 사람을 소개해 준댔어요."

"나는 안 가지만, 가타오카가 조만간 모골*이란 점술을 취재하러 타이완에 갈 거야. 시즈쿠이시도 조수로 따라가면 좋을 것 같은데.

이 돌과는 무관하게, 실은 내가 그와 함께 타이완에 가고 싶은 마음이 없어서. 그리고 가타오카와 시즈쿠이시가 같이 가는 영상이 자꾸 보여. 그래서 가타오카에게 말했더니, 그래도 좋다고 했어. 그런 일에는 대개 내가 같이 가는데, 이번 달은 많이 바빴으니까 지금은 집에서 차분하게 쉬고 싶기도 하고. 일 때문에 이동이 많으면 내가 그에게 걸림돌이 될 수도 있으니까."

그런 시시콜콜한 것까지 다 생각하고 있네, 싶어 애처로웠다.

그리고 내 기분을 달래 주려 두 사람이 이런저런 궁리를 하고 있다는 것도 알 수 있었다.

"취소나 재예약 건은 얼마든지 처리할게요. 그리고 가에데보다 내가 더 거추장스럽죠, 가타오카 씨에게는. 짜증만 날 거예요. 나랑 여행하는 거, 보나마나 싫어할 텐데."

---

* 摸骨, 사람의 손발과 몸 전체의 균형으로 점을 치는 점술.

비밀의 화원 III

"글쎄, 과연 그럴까. 다시 한 번 물어보지."

가에데는 미소 지었다.

"기분 전환이 될 거야. 그리고 난 지금, 정말 여행할 기분 아니야."

"싫어할걸요, 뻔해요."

잠시 침묵이 흘렀다. 나는 가타오카 씨와 타이완을 여행하는 상상을 해 보았지만, 기운이 없어서 마음으로는 그릴 수 없었다. 지금 내게 이동은 이 부근을 어슬렁거리는 것만 해도 묵직한 돌을 지닌 것처럼 힘들다. 하루하루가 지나가는 것을 바라보기만도 벅차다.

"저 말이지, 사람이 만났을 때는 어쩌다 왜 만나게 되었는지 다 의미가 있어. 숨겨져 있던 만남의 약속이 다 끝나 버리면, 무슨 수를 써도 다시는 같이 있을 수 없는 거야."

가에데가 불쑥 그렇게 말했다.

"그런 소리 마요! 난 돈 안 낼 거니까!"

웃고 싶었지만 볼이 뻣뻣해져서 웃을 수 없었다.

"공짜라도 상관없어. 내 의견을 말한 것뿐이니까. 할머니 돌을 보는 김에 잠깐 본 거야. 감사는 할머니에게 해."

가에데가 사근사근한 목소리로 말했다. 그렇게 부드러운 눈빛으로 그런 말을 하면 손님들이 하나같이 가에데를 좋아하게 되죠, 라고 말하고 싶어지는 눈빛이었다.

"언제나 함께 있겠다고 했는데."

나는 그렇게 말했다. 말이 스르르 입에서 나와 다시는 돌아오지 않았다.

"그 사람을 부모처럼 여기고 있었는데 말이지."

가에데는 슬픈 표정으로 말했다.

"난, 아니 우리는 어렴풋이 알고 있었어. 그가 시즈쿠이시를 자유롭게 해 주지 못한다는 거. 그러니까 사랑하지 않았던 게 아니야. 다만 넌 무거워. 여자로서가 아니라, 존재 자체가 무겁다고. 아무 일 없이 순조롭게 함께 살기가 쉽지 않아. 여러 가지 일에 상당한 신경을 쓰지 않으면, 너의 파워에 짓눌려서 자신이 뭉개지고 말 거야.

그리고 애당초 그는 오래전부터 그 사람을 좋아하고 있었어. 본인만 몰랐겠지. 그가 거짓말을 한 게 아니야. 그는 그 사람과 함께 있기 위해서라면 언제든 무슨 일이든 할 사람이었는데, 지금에야 자신이 그 장소에 필요한 사람이란 것을 깨달은 거지. 때가 온 것뿐이야.

그래서 너에게 다소 소극적이었던 거야. 하지만 당시의 그에게는 네가 필요했고, 너에게 진심으로 끌리기도 했을 거야. 게다가 그는 자신을 필요로 하는 사람에게는 약한 것 같으니까. 시즈쿠이시에게는 우리가 있지만, 그 여자에게는 자기밖에 없다는 것을 금방 알았겠지.

물론 너도 사실은 알고 있었을 거야. 정말 같이 살고 싶었는지, 잘 생각해 봐. 내게는 시즈쿠이시가 전혀 즐거워 보이지 않았어. 가타오카도 비슷한 말을 했고. 예리한 그가 그걸 몰랐을 리 없지. 그는 꽤 좋은 남자였어. 그가 할 수 있는 일은 다 한 거야. 다만 함께할 수 있는 기간이 끝난 거지. 언젠가는 이렇게 될 거였으니까, 빠른 편이 좋았어."

가에데는 단숨에 그렇게 말했다.

내 생각과 조금도 다르지 않을 만큼 가에데가 잘 알고 있어서 기뻤다. 점술가가 아니라 친구로서.

가에데가 아무런 각색도 위로도 없이 하는 말은 바로 내가 보고 있는 현실이었다. 어쩌면 그녀에게 실망한 신이치로 씨가 내게 다시 돌아올지도 모른다고, 좀처럼 지우지 못했던 환상이 점점 오그라들어 마지막 한 조각까지 사라지고 말았다.

그래서 마음속에서 무언가가 누그러진 것이라고 생각한다.

"부모는 없어지지 않잖아요. 그러니까 그렇게 여기는 척했을 뿐이죠. 하지만 알고 있었어요. 그런 꿈을 꾸고 싶었을 뿐."

슬프지 않은데, 그 말을 하고 났더니 눈물이 툭 떨어졌다.

"지금은 오히려 우리가 네 부모야. 할머니에게서 직접

부탁도 받았고."

가에데는 담담하게 말했다.

그러고는 내 손을 꼭 잡았다. 너무 가늘어 부러질 것만 같은 가에데의 손가락. 하지만 사태의 전모를 이해하는 사람이 여기에 있다는 것만으로도 나는 자기 연민의 달콤한 덫에서 헤어날 수 있었다. 나는 피해자가 아니다. 흐름이 그곳으로 인도한 것이라고 생각했다.

나는 피해자다, 속았다, 상대가 너무했다는 식으로 생각하면, 그것이 거짓이라도 잠시는 편하지만 사실은 아니니까 언젠가는 무거워진다.

살을 찢어발기는 듯해도 진실이 늘, 한결 낫다.

가에데의 손이 하염없이 오래 내 손을 꼭 잡고 있었다.

"가까이 있으면 가타오카 씨와 같은 향수 냄새가 나서 속이 울렁거려요. 당신들, 악마의 심술궂은 쌍둥이 자식 같아, 늘. 내 사랑을 방해하는 시어머니."

"와우, 여유 있네."

가에데는 그렇게 말하고, 내 어깨를 껴안고서 톡톡 두드려 주었다.

나는 조금은 정신을 차리고, 그에게서 몸을 떼었다.

"이 동네에서 반드시 애인을 찾을 거예요. 그리고 무슨 소리를 하든 언젠가는 틈을 봐서 아이도 낳을 테니까, 안심해요."

"음, 시즈쿠이시는 지금 말한 대로 하는 게 좋아. 많은 사람들과 교류하고 즐기기 위해 애써 산에서 내려왔으니까. 새 애인 찾으라고 하는 소리가 아니야. 언젠가는 이 집을 더 풍성하게 해 줘. 나하고 가타오카는 몇 년을 같이 살고 아무리 공을 들여도 아이가 생길 수 없으니까."

가에데가 웃으면서 말했다.

"그 말, 그때까지 계속 여기 있어도 된다는 뜻이라는 거, 알아요?"

나는 알고 있다. '계속 여기 있어도 될' 것이란 바람은 환영에 지나지 않는다.

그래도 나는, 그 꿈속에서 신이치로 씨에게 그렇게 말하고 싶었다. 헤어질 때도. 하지만 말하지 못했다.

'오래오래 함께 있자'는 허망한 바람, 입으로 말하면 반짝거리며 두 사람을 웃음 짓게 할 조그만 마법. 그것은 그런 말을 할 수 있을 정도로 안심하고 여기에 존재한다는 뜻이다.

가에데는 그 마법을 사용했다.

가에데는 아무 말도 하지 않고, 그저 내 손만 꼭 잡고 있었다.

가에데의 뜨거운 손에서 에너지가 흘러 들어오는 듯한

기분이었다. 나는 가에데의 손바닥에 이마를 꾹꾹 누르면서 소리 죽여 울었다. 울 수 있으니까 괜찮다, 울 장소가 있으니까. 그렇게 생각했다.

그리고 가에데가 여자를 좋아하는 남자가 아니라서 정말 다행이라고, 이때만큼은 진심으로 그렇게 생각했다.

이렇게 마음이 허약한 때를 누군가 이용하려 든다면, 위험한 일이 벌어진다.

그리고 그것은 인간 세상에는 흔히 있는 일.

그리고 며칠 후 찾아온 가타오카 씨가 내 얼굴을 보자마자 말했다.

"그 남자하고 헤어졌다면서? 거참 잘됐네."

나는 일단은 말을 되받았다.

"뭐가 잘돼요. 헤매고 있는데."

"너, 그런 남자와 있으면서 뭐가 그리 재밌었는데? 평생 시시껄렁할 텐데."

"가타오카 씨와 있는 것보다는 낫죠."

"꿈도 희망도 없잖아? 두 사람은 전혀 맞지 않는다고. 생산적인 게 하나도 없어."

"그래도 남자하고 여자니까, 아이는 낳을 수 있죠."

"그렇게 되면 다 끝장이지! 평생 감옥이야, 감옥! 그 남자의 사고방식이라는 감옥에 갇히는 거라고! 와, 답답해라, 난 절대 싫어! 아무튼 한 번 보고, 되게 어두운 남자다 싶었다니까. 그런 인간이 여자를 찔러 죽이고, 죽어서도 이상한 것들을 소중하게 지킨다니까."

가타오카 씨는 웃었다.

"맞는 말이기는 한 것 같은데, 무슨 말을 못 하겠네요."

어이가 없어서 나는 풋 하고 웃고 말았다. 이런 말을 듣고 웃을 수 있는 사람은 많지 않겠지, 하고 생각하면서도 왠지 우스웠다.

"게다가 그 남자는 그냥 생활인이잖아. 너하고 같이 살면, 그 인간의 인생이 뒤죽박죽이 될 거라고."

"……음, 그건 그럴지도 모르겠네요."

"그 인간은 네가 생각하는 만큼 너를 좋아하지 않았어. 내가 다 알고 있었지. 그 사람은 말솜씨가 좋은 게 아니야. 마음이 좋아서 누가 뭐라고 원하면 원하는 대로 말할 뿐이야. 그래서 결혼도 하고 이혼도 한 거지. 더구나 넌 아주 절실하게 원하잖아. 그 힘이 강력하니까, 도저히 받아들이지 않을 수 없는 거야."

"가타오카 씨에게는 한 번도 원하지 않았어요."

그렇다, 나는 기억하고 있다. 그때 다카하시 씨의 어머니와 신이치로 씨가 똑같은 종족으로 보였고 가타오카 씨는 나와 동족으로 느껴졌다. 그는 거짓말을 하지 않고, 위로 삼아 마음에도 없는 말을 하지도 않는다. 나는 그때 가타오카 씨를 그리워했다.

가타오카 씨의 단순한 눈빛에 비추어 보면, 이건 그저 실연이다. 후련한 정도로. 그뿐이다.

신이치로 씨는 나만 내내 좋아하고, 좋아서 어쩔 줄 모르는 사람이라고 생각했는데, 그렇지 않았다. 물론 그런 시기도 있었지만, 나는 그때는 행복한 줄 모르고 당연한 일이듯 좋은 시기를 그냥 흘러가는 대로 지나 보내고 말았다.

그리고 이 심술궂은 사내들은 들떠 있는 나를 위에서 내려다보면서, 이렇게 될 것을 예상하고 있었다.

지금에야 분명하게 알 수 있다.

기가 막히는 한편, 기뻤다. 도중에 찬물을 끼얹지 않아줘서, 정말 고맙다. 덕분에 스토리의 결말을 편견 없이, 내 눈으로 똑바로 볼 수 있었다.

"마음이 안돼서 너를 데리고 가기로 했어. 호사스러운 타이완 여행에."

"동정은 필요 없어요. 난 이제 어른이니까."

"그럼. 그러니까 호텔과 렌터카 예약, 체크아웃이고 쇼핑이고 뭐고 전부 시킬 거니까, 투덜거리지 말고 열심히 일해. 이미 결정된 일이야. 단 모골을 취재하는 거는, 점술가가 혼자서 오라고 그랬으니까 혼자 갈 거야."

"물론이죠. 필요하다면 무슨 일이든 하죠. 하지만 가타오카 씨 혼자서 일처리하는 게 더 빠르지 않을까요? 그리고 그동안 가에데 선생님은 어떻게 하고요?"

"내키지 않을 때도 있는 법이야. 나를 도와줄 사람이 필요하니까, 같이 가 주세요. 이렇게 부탁합니다. 가에데도 부탁한다고 했어. 나 혼자 가면 가는 데마다 인기가 너무 많아서 바람피운다고 말이야. 가에데는 한 일주일 정도 일을 쉬고, 집에서 느긋하게 쉬고 싶대. 그러니까 마침 잘됐잖아. 이러쿵저러쿵하지 말고 같이 가자고. 난 네 상사가 속해 있는 회사의 사장이라고."

"네, 알겠어요. 그렇게 하죠."

나는 순순히 손을 들었다. 마지막 카드를 꺼내 보이면 어쩔 수가 없다.

늘 이용하는 여행사에 전화를 걸어 호텔과 일정에 관해 물으면서 메모를 하다가 가슴이 두근대는 나 자신을 느꼈다. 역시 타이완이다. 화살표가 모두 타이완을 가리키고 있다.

방을 나서는 가타오카 씨를 불러 세웠다.

"저, 한 가지 물어봐도 될까요?"

"아무렴."

"가타오카 씨는 항상 만사가 순조로워 보이는데, 호되게 차인 적 있나요?"

가타오카 씨는 허공을 보며 잠시 생각한 후에 대답했다.

"너만큼 호되지는 않지만."

"무슨 실례되는 말씀을."

"그래도 잊지 못할 일이 몇 가지 있었지."

"가에데 말고요?"

"음, 우리 세계는 아래쪽에 관한 한 상당히 엉망진창이니까 뭐라 말하기가 어렵지만, 그런 거 말고, 있어."

"언제 적 일인데요?"

"십 년쯤 됐을 거야. 정말로 좋아했던 사람이 있었어. 이탈리아의 토리노에 사는 마녀 가계에서 태어난 초능력자인데, 그 고장 경찰에서도 신뢰가 깊었지. 아이들을 좋아해서 원래는 보모가 되고 싶었다는데, 몸이 약해서 그녀 자신은 아이를 못 낳았어."

가타오카 씨는 정말 괴로운 기억이라는 듯 말했다.

"그럼, 여자였다는 말이에요?"

나는 상대가 여자였다는 것에 무척 놀라서 물었다.

"그래, 여자. 처음이자 마지막이었던 여자. 머리가 짧고 가슴은 밋밋하고, 삐삐 마르고, 눈은 번쩍번쩍 빛나는 굉장한 초능력자였지. 가에데처럼 언제나 집 안에만 틀어박혀 있는 사람이었어."

가타오카 씨는 웃었다.

"그 사람의 뭘 잊지 못하는 거죠?"

"그 사람의 고통. 그 사람이 밤에 잠을 이루지 못할 때면, 늘 함께 있어 주고 싶었어."

가타오카 씨는 주저 없이 그렇게 말했다.

"그 사람, 서른이 되기도 전에 일이 너무 힘들어서, 자궁암에 걸려 죽었어. 능력이 너무 대단해서 일이 끝이 없었는데, 이제 그만 충분하다고 생각한 거겠지. 정말 정신적인 사람이었어. 자신이 죽을 시기도 이미 알고 있었고. 아주 젊었을 때부터 웃는 얼굴로 서른이 되기 전에 이 세상을 떠날 거라고 했으니까.

나는 이내 차였지만, 아무튼 사람들에게 인기가 많은 타입이었어. 이탈리아 업계와의 인연은 전부 그 사람이 만들어 준 거야. 내 진심이 전해진 거겠지. 만약 지금도 살아 있다면, 난 어쩌면 가에데의 매니저가 아니라, 토리노에 살면서 그녀 뒤치다꺼리를 하고 있을지도 모르지."

그랬구나. 그 사람도 가에데와 같은 일을 했고, 더구나 더 무겁고 힘겨운 형사 사건 따위를 다루는 사람이었구나. 전에 가타오카 씨가 가에데의 안이함을 불만스럽게 말한 일이 있는데, 결국 전 애인과 비교가 돼서 그랬던 거였어.

"다들 그런 일이 있군요."

"그래. 다들 한 번쯤은 경험하는 일이야. 너만 특별히 고통스러운 것도 아니고. 그러니까 하루빨리 잊어버려."

이제 이런저런 공연한 신경 쓰지 말고 착실하게 거들기로 하자고 나는 마음을 다졌다. 가타오카 씨와 대화를 하고 나면 어찌 된 영문인지 그런 생각이 든다. 일을 열심히 하게 만드는, 그런 마음이 들게 하는 사람이다.

그리고 비행기 티켓을 예약하기 위해 항공회사 사이트를 검색하면서, 자유로워졌다는 것을 절감했다.

나는 지금까지 신이치로 씨의 상황에 따라 여행을 했다. 하지만 앞으로는 나 자신을 위해서, 내가 만나고 싶은 사람을 만나러 갈 수 있다. 그럴 수 있다는 것만으로도 마음이 조금 밝아졌다.

인연의 끈을 놓은 만큼 공간이 확실하게 넓어진다. 그쪽으로 눈길을 돌릴 수만 있다면, 이미 거기에는 좋은 향내가 풍기는 것이 찾아와 있다.

그리고 나락에 떨어지지 않고서는 절대 알 수 없는 좋은 일도 있다.

나는 잠을 푹 자지 못해, 새벽이면 비몽사몽인 때가 많았다.

일이 일찍 끝나 별 할 일은 없고 그렇다고 이삿짐을 하나 둘 풀고 싶지는 않은데 마음이 허전할 때 나는 자주 가는 술집으로 발길을 돌렸다.

아저씨와 아줌마는 늘 여전하다. 그리고 늘 여전하다는 것이 이 사람들의 평생의 과업이란 생각이 들어, 감격스러웠다.

그것이 사람을 얼마나 안심시키는지, 이 사람들은 알고 있을까?

내 기분이 신통치 않아 보이니까, 아줌마가 위로의 말을 슬쩍 건넸다.

"다들 연애다 사랑이다 하지만, 같은 상자 속에 들어가 있으니까 친하다고 느끼는 사람들이 많아."

"천천히 이겨 나가야죠."

"괜히 낙담해서 요즘 유행하는 종교 같은 데 빠지지는 않을까 걱정스러워서 말이야."

"낙담할 때마다 종교에 빠지면 나 같은 사람은 큰일 났겠군. 여기저기 시주하느라 정신이 없을 테니 말이야."

"당신이 낙담이나 하는 사람이랍니까?"

"무슨 소리, 시즈쿠이시가 남자 친구를 데리고 왔을 때 얼마나 낙담했는데. 나도 어떻게 좀 해 볼 가능성이 있을까 하고 생각하고 있었는데."

"이런 때는 아이 참, 아저씨도!, 그래야 하는 거겠죠?"
내가 웃으며 말했다.
"말솜씨가 많이 늘었는데."
아저씨도 웃었다.
가령 이런 농담을 할 때, 눈이 정말 번들거리는 남자가 있다.

나는 놓치지 않는다. 번들거리는 눈으로 그 남자가 나를 소유하는 장면을 떠올리고 있다는 것을 안다. 정말이지 시답잖은 일이다. 머릿속으로야 무슨 생각을 해도 상관없지만, 간단하거나 단순한 일은 정말 시시하다. 아저씨처럼 조금도 번들거리지 않는, 보호자 역에 철두철미한 사람이 없는 사회는 하나도 재미가 없다. 깊이도 아무것도 없다.

"시주할 만큼 모아 놓은 돈도 없어요."

실제로 이사를 하느라 저금이 거의 바닥이 났다. 집세도 내야 하니까, 생활은 현실이다. 하지만 그것은 그렇게 힘겨운 일이 아니다. 혼자서 살게 된 집이 점차 마음에 들어가고 있기 때문이다.

"요즘은 이 부근에도 그런 사람들이 꽤 많아졌어. 아침에는 공원에서도 모이고, 구민 회관에서도 그런 집회가 자주 열리던걸."

아줌마가 말했다.

"다들 시간과 돈이 남아돌아간다는 것은 알겠는데 말이야. 적어도 난, 사랑이나 우주 같은 걸 생각할 때는 항상 도서관에 가서 책을 읽어. 교주라는 사람에게 설교를 듣는 것보다 기분도 훨씬 좋고."

"이 가게에 오는 사람들 중에도 종교에 빠진 사람 있나요?"

"손님 중에는 없는데, 부인이 그렇다는 사람이 몇 명 있어."

"그래서 어떻게 되었어요?"

"집을 나가서 먼 데로 가 버렸다나 봐. 자식들이 다 커서 부부 둘이 살고 있었는데, 어느 날 아침에 부인이 야마나시라고 했나, 아무튼 거기로 가 버렸대. 요즘도 그 사람 매일 저녁마다 밥 먹으러 와. 시즈쿠이시도 만난 적이 있을 텐데."

"누군가의 부인이 종교에 빠졌고, 그 때문에 가게에 영향이 미치고, 지금 저도 그 사실을 알게 되었고. 그런 걸 보면 세상이란 두루두루 연결돼 있나 봐요."

나는 절절한 심정으로 말했다.

"그럼 그럼. 그러니까, 얼른 기운 차려야지. 시즈쿠이시가 기운을 차리면 영향을 받을 사람이 반드시 있을 거야. 사람이란 다 그런 거니까."

술집 주인다운 말투였지만, 마음에 찡하게 와 닿았다.

억지로 기운을 차리는 것이 아니라, 평범한 눈으로 사물을 볼 수 있게 되기까지는 좀 더 시간이 걸릴 것이다. 그렇다는 것을 자각하는 순간, 그래서 뭐가 어떻게 되는데?, 그런 마음이 사라졌다. 영향을 미친다, 책임이 있다. 양쪽 다 내가 싫어하는 말이지만, 지금은 이 세상을 사는 실마리다.

"더구나 시즈쿠이시에게는 굉장한 친구가 있잖아, 그 끈질긴 사람들. 둘이서 열 사람 몫은 할걸, 아마."

"저도 그렇게 생각해요."

"그리고 할머니도 계시고. 얼마나 훌륭한 친구야. 어디 그뿐이야, 우리 아저씨도 있고. 혼자가 아니라고. 의지해도 괜찮아. 살다 보면 애인은 또 생길 테고. 아직 젊은 데다 얼굴도 스타일도 웬만하고. 좀 두루뭉술하기는 하지만."

"네."

나는 눈물이 나왔다. 아저씨와 아줌마는 겸연쩍은 듯 부자연스럽게 눈길을 돌리고 튀긴두부찜을 서비스로 주었다. 나는 그것을 먹었다.

먹는 행위에도 상당한 에너지가 필요하다는 것을 요즘 들어 알았다. 옛날에는 일 때문에 늘 바쁘니까, 할머니와 둘이 허기를 메우기 위해서 마치 일을 하듯 세 끼니를 때웠다. 그때도 먹는 것은 즐거운 일이었지만, 일상의 일부였다. 하지만 지금은 혼자 있을 때면 거의 먹지 않고 지낸다. 먹으면 몸에 피가 돌고, 게다가 앉아 있으니까 온갖 생각이 떠오른다. 눈앞이 캄캄해지면서 액체가 새는 것처럼 내게서 무언가가 새어 나가는 것을 알 수 있다.

그 감각을 느끼고 싶지 않았다.

그런데 그 별다른 것 없는 두부찜을 먹었을 때, 나는 아주 오랜만에 '아, 맛있다.'라고 생각했다. 사람이 사람을 위해 지은 밥의 맛이었다. 국물이 너무 밴 데다 색깔도 짙은 갈색이어서 그리 맛있게 보이지 않는데, 입 안에서 맛이 사르르 퍼지면서 이미지도 동시에 퍼졌다.

그래서 나는 몇 번이나 생각한 일을 보다 명확하게 다시 한 번 생각했다.

'형태가 있는 행복 따위는 아무래도 상관없어. 그 사람과 같은 집에서 평생을 함께 살다니, 놀고먹고 시간만 보내는 생지옥이지. 그렇다는 거, 사실은 벌써부터 알고 있었는데.'

그것은 내 가슴속에서 잔혹하게 숨죽이고 있던, 성장하고 싶은 마음의 싹이었다. 진실만을 보고 싶다고 외치는 내 작은 일부였다. 신이치로 씨를 좋아했던 귀여운 마음의 이면.

나는 늘 이렇게 생각했다. 표면에서만 의기분발해서 생

활을 바꾸는 것은 이상하다. 이면이야말로 흥미롭고 어둡고 맛깔 나는 빛을 지니고 있다고. 그러니까 더욱이 궁지에 몰릴 대로 몰려 더 이상 어쩔 수 없을 때 어떻게든 바꿔야 한다, 생활이란 것은.

그야말로 산을 내려올 때가 그랬다. 나는 애당초 '언젠가는 다른 생활을 해 보고 싶다'고 막연하게나마 생각하고 있었고, 그것은 희망이기도 했다.

하지만 만약 내가 희망에 억지로 몸을 내맡기고 할머니를 내버려 둔 채 적절하지 못한 시기에 산에서 내려왔다면, 이렇게 흐름을 타지는 못했을 것이라고 생각한다.

그 정원을 본 후, 내 안에서 분명 무언가 결정적인 것이 생겨났다.

'졌다!'라고 생각했다. 아무도 보지 못했고, 누구도 알지 못했기에 그토록 끈질기게 끌고 갈 수 있었던 집념 같은 것. 그의 머릿속에만 있다가 밖으로 드러난 비밀의 화원.

나는 그 정원을 만들어 낸 정신과 끈기를 질투했다. 나는 게으르고 철저하지 못하니까, 어쩌면 평생 그곳에는 도달할 수 없을지도 모른다. 아니, 할 수 있을지도 모른다. 어떻게 하면 그 정원 같은 것이 될 수 있을까?

아직은 겨울 냄새가 풍긴다. 투명한 하늘을 올려다보며

몇 번이나 생각했다.

그 정원의 화면이 몇 번이나 머릿속을 맴돈다. 계절이 바뀌면 온갖 열매가 열리고 좋은 향내가 풍기고 갖가지 다른 꽃들이 필 그 정원. 그 묵직하게 겹겹이 쌓인 초록의 두께와 그의 나날이 떠오른다. 다카하시 씨의 혼과 눈이 마주친다. 그 다이아몬드 같은 눈동자와. 가타오카 씨가 좋아했던 사람도 그렇게 투명하게 빛나는 눈을 가졌으리라. 오래 살 수 없는 사람 특유의 싸늘하게 불타오르는 신비로운 빛.

나는 언제까지 살지 알 수 없지만 범인의 영역을 벗어나지 못하니 앞날이 오래리라. 그러니까 조금이라도 그 정원에 다가서고 싶었다.

그래, 뭘 통해서 그곳에 도달할 거지? 지금은 명확한 대답을 갖고 있다. 이 일이다.

가에데를 좋아하는 가타오카 씨를 좋아한다. 가에데의 재능을 좋아한다. 그리고 그 재능을 사람들이 받아 가는 모습을 보는 것도 좋다.

실은 뭐라 참견하고 싶은데 꾹 참는 것도, 실은 가에데를 격려해 주고 싶은데 태연함을 가장하는 것도 나만이 할 수 있는 일이다. 그리고 가에데의 모습을 감정 없이 알게 모르게 관찰하면서, 마치 식물을 보듯 투명한 눈으로 가만히 쳐다보면서 차가 마시고 싶은지, 손님의 자료가 필요한지, 손님에게 차를 대접하고 가에데에게는 십 분간의 휴식을 취하게 하는 것이 좋은지, 이 손님은 얘기가 길어질 것 같으니까 도중에 한 번 차를 대접하는 게 좋겠지, 하지만 가에데의 집중력에 방해가 되면 안 되니까 적당한 때를 봐야겠군, 하고 알게 되는 것도 좋다. 그리고 내게는 그렇게 다 알아서 하고 있는 것을 상대에게 알리지 않는 재능도 있다.

그 모든 것을 자연스럽게 살릴 수 있는 하루하루가 언제까지나 계속되었으면 한다. 그것이 내 인생의 바람이다.

지금 인생의 바람이 이루어지고 있다. 나만의 인생이 나도 모르게, 그러나 이제야 겨우 시작된 것이다.

그렇게 생각하면, 싸늘한 바람에 흔들리는 헐벗은 나뭇가지도 어깨를 한껏 움츠리고 걸어가는 사람들도 모두 멋들어지게 보인다.

신이치로 씨도 아무쪼록 그 집에서 그런 것을 찾기를.

눈을 감고, 나는 진심으로 그렇게 생각했다.

내 최악의 겨울은 끝났다.

봄이 오면 그 정원에 온갖 식물이 앞을 다투어 싹을 틔우리라. 그리고 그 속에서 신이치로 씨는 날마다 아름다움을 발견하리라.

그 아름다운 사람과 신이치로 씨가 어떤 관계가 되든 그건 별개다. 신이치로 씨와 다카하시 씨의 세계는 식물의 뿌리처럼 뒤얽혀 하나가 되고 거기에 자연이 힘을 보태어, 언젠가는 상상도 할 수 없을 만큼 멋진 모습을 세상에 보여주리라.

 그 예감은 무엇보다 나를 따스하게 감쌌다.

 언젠가 내가 낳은 아이의 손을 잡고 그 정원을 다시 한번 찾고 싶다. 사람을 만나러 가는 것이 아니다. 정원이 보고 싶은 것이다. 신이치로 씨가 그 정원을 어떻게 지켜 나갔는지 보고 싶다. 그것은 또 한순간에 나와 다카하시 씨와 신이치로 씨와 다카하시 씨의 어머니 사이의 승패가 갈리는, 혼의 진검승부다.

 물론 아주 먼 미래의 일이지만.

 할머니에게 감정 결과와 타이완 여행을 보고하기 위해 전화를 걸었다.

 국제전화는 요즘이 비싸지만, 역시 메일로 알릴 일은 아니라고 생각했다.

 얘기를 끝내고 할머니에게 물었다.

 "그 뼈, 누구 뼈야?"

 "모른다."

할머니는 한마디로 대답했다.

"모르다니. 그거 틀림없는 사람 뼈던데."

"그건, 할아버지 만나기 전에 사귀었던 애인이 준 거야."

"주다니, 그거, 사람 뼈라니까?"

할머니가 아무 일 아니라는 듯 태연하게 말해서, 나도 뭣 때문에 동요했는지 잊고 말았다.

"그래. 그 사람, 그 머리뼈를 늘 지니고 살았는데, 같이 살다가 죽었어."

"사인은?"

"교통사고. 하지만 아마 살해당했을 거야. 네게는 말 안 했지만, 그 비취, 실은 그 사람에게서 받은 거다. 할아버지가 아니라. 그리고 편지에도 잠깐 썼지만 그 사람, 타이완 사람이었어. 그래서 너도 인연이 있으니까 이번에 타이완에 가게 된 걸 거야. 돌이 가고 싶어 해서."

"잊을 수 없는 사람이었어?"

"잊을 수 없지. 그리고 잊고 싶지도 않고."

할머니는 웃었다.

"그 돌, 할머니에게 물론 소중한 거겠지?"

"그러니까 네게 준 거 아니겠니. 실연을 했다는데, 가까이에 없으니까 아무것도 해 줄 수가 없잖아. 그리고 그건 아주 좋은 돌이다. 굉장한 힘을 갖고 있어. 사랑해 주면 반

비밀의 화원 133

드시 보답하는 돌이야. 그래도 이왕 타이완에 간다니까 수리하는 게 좋겠구나. 가에데 선생의 어린 시절 친구가 소개하는 사람이라면, 틀림없이 솜씨가 좋은 사람일 게야. 외과 수술이나 마찬가지로, 그런 일은 자칫 잘못하면 돌의 힘이 사라져 버리니까. 그래서 수리가 잘되면, 네게 선물하마."

이메일로 신이치로 씨와 헤어졌다는 얘기를 했다. 풀이 폭 죽어 있는 때여서 구구절절하게 썼는데, 할머니의 대답은 야속하기 짝이 없었다.

그렇게 될 줄 몰랐니? 할미는 네가 그걸 몰랐다는 게 더 믿어지지 않는구나.

아, 이 냉담함이 그립네, 하고 나는 생각했다.
할머니는 타인의 감정에 동화되어 자상하게 위로하는 타입이 아닌데, 떨어져 지내다 보니 그런 식으로 어리광을 피워도 괜찮을 줄 착각하고 말았다. 시원시원하고 남자 같지만 미인이고 예리하고 섹시한 할머니. 그러고 보니, 세속적인 면까지 포함해서 그녀는 고귀한 마녀였는데, 깜박했다.

할머니를 조금은 감상적으로 생각한 내가 우스워서, 떨

어져 지내는 증거라고 생각하며 혼자 웃었다. 미화할 정도로 멀어진 것이다. 나도 모르게 어느새 홀로서기를 한 것이다.

신이치로 씨가 돌아왔으면 좋겠다는 바람도 이미 없었다.

정말은 그렇게 좋아하지 않았다는 뜻? 잠옷을 벗을 때의 그 비밀스러운 분위기만이 행복했다는 뜻? 공이처럼 생긴 그 산 꼭대기에서 바람을 맞을 때, 옆에 다만 누가 있어서 좋았다는 뜻?

할머니 말이 옳다. 나는 어린애였던 것이다.

어린애였고, 무엇이든 상관없으니까 나만의 것이 갖고 싶어 안달했을 뿐이다.

이제야 겨우 알게 되었고, 나의 소중한 시대 하나가 막을 내렸다.

　이제 집세는 보내지 않아도 돼요. 언젠가 또 만나겠지요. 그리고 한 가지 부탁이 있어요. 생활이 안정되면 그 정원을 사진에 담아 보내 주세요. 다양한 각도에서 찍어서. 그리고 다카하시 씨의 사진도 한 장 갖고 싶어요. 나도 그 정원에 반하고 말았어요. 성원을 보낼게요.

그렇게 메일을 써서 보낼 때, 상실감이 아주 클 줄 알

앉았다.

그런데 그렇지가 않았다.

어서 빨리 나 홀로 걷고 싶다. 지금 당장이라도 일어서고 싶다. 더 많은 세계를 보고 싶다. 새 문이 열리는 것을 느끼고 싶다.

짐을 정리하다가, 그런 마음으로 메일을 보냈다. 금방 답장이 왔다.

알겠습니다. 조만간 사진을 보내지요. 돈은 이제 보내지 않겠습니다. 건강하길!

그렇게 씌어 있었다.
마음속은 어떤지 몰라도, 후련했다.
핥듯이 그 글을 보고는, 삭제했다.

자, 이제 집세를 벌어야지. 야근도 하고 공부도 해서, 가타오카 씨가 월급을 올려 주고 싶도록 해야지. 그 첫 스텝이 타이완 여행이다.

나는 그렇게 생각할 수 있었다. 모든 상황을 충분히 슬퍼했기 때문에 가능한 일이었다.

한 사람이 평생을 바쳐 만들어 낸 것은 사람의 마음을

움직인다. 그 정원은 그런 것이었다.

그 정원은 완벽함으로, 계절 따라 변하는 시간의 섬세함으로 나를 치유했을 뿐 아니라 내가 얼마나 나태하고 느슨한지도 보여 주었다. 진정으로 살면 이런 풍요로움 속에서 살 수 있는데, 넌 대체 뭐지. 그런 소리를 들은 기분이었다.

그 풍요로움, 날아오는 새들과 넉넉히 자란 잡초에 핀 자잘한 꽃의 색마저 한 세계를 이루고 있고, 깨끗한 물이 퐁퐁 솟아나는 아름다운 샘물처럼 늘 움직이고 흐르는 초록으로 가득한 공간이 내 깊은 곳에 단단히 뿌리를 내렸다.

다카하시 씨는 나를 모르고, 또 누군가의 치유를 위해서 정원을 만든 것은 아니다. 자신이 죽은 후에 어떻게 될지도 생각하지 않았으리라. 다만 한없이 몰입해서 정원을 가꿔 나갔고, 그 자신 역시 가꿔졌을 뿐이다. 처음에는 불편한 육체로부터 도피하고 싶어서였는지도 모른다. 하지만 점차 정원과 하나가 되어 생명의 노래를 구가하게 되었다.

사람이 그렇게 몰입한 무엇은 반드시 타인의 혼에 전해진다.

나도 불태우리라고 생각했다. 나의 생명을, 일상 속에서.

타이완에 가기 전날, 가타오카 씨는 일이 바빠서 오지 못했다. 같이 생선초밥을 먹으러 가려고 했다면서 실망하는 가에데를 위해 나는 일이 끝난 후에 생선회를 잔뜩 사와 회덮밥을 만들었다. 생선 가게에서 사지 않고 단골 술집에 가서 좋은 부위만 골라 얻었다. 물론 돈을 냈고, 만드는 법도 단단히 배워 왔다.

그런 일이 가장 즐겁다. 새로운 지식을 흡수하고 시간도 보람 있게 보낼 수 있다. 아주 의미 있는 학습이다.

산속에는 횟감으로 쓸 수 있는 신선한 생선이 없다. 슈퍼마켓에서 토막 생선을 사는 일은 있어도, 신선하지도 않은데 비싸기만 한 회는 거의 먹지 않았다.

나는 한 귀퉁이를 살짝 떼어 먹으면서 초밥을 만들었다. 그리고 가에데에게는 보이지 않는다는 것을 알면서도 초밥 위에 회를 예쁘장하게 늘어놓았다.

가에데는 맛있다면서, 행복한 표정으로 천천히 먹었다.

음, 이런 게 주부의 행복이라는 건가? 아니면 엄마의?

나는 그렇게 생각했다. 누군가에게 끼니를 준비해 준다는 것은 정말 대단한 일이라고 생각했다.

그런 내 기분을 감지했는지, 아니면 흔치 않은 한때를 보냈기 때문인지······. 가에데는 평소 아주 간단하게 조금만 먹는다. 준비하는 데 시간이 걸리는 음식을 만들어 달라거나 뭐가 먹고 싶다고 하는 일은 정말 드문 일이었다.

나는 맛을 보느라 먹은 것으로도 배가 불러 가에데와 마주 앉아서는 먹는 시늉만 했다. 아무리 사이가 좋아도 일하는 날에는 다소 선을 그어야 느슨해지지 않는다. 오히려 이 집에 살 때가 균형을 잡기 쉬웠다.

지금은 저녁때가 지나서까지 머물러 있으면 손님 같은 기분이 들고, 외로워 더 오래 머물 것 같으니까 특히 더 신경을 쓰는지도 모르겠다.

가에데는 단아한 모습으로 맛있다면서 먹고는 밥만 조금 남겼다. 이 사람은 대체 뭘로 생겼기에 이렇게 조금 먹는 것일까, 하고 생각했다.

그런 나의 생각을 읽은 모양이다.

"여자가 부엌에 있다는 거, 끔찍한 일이로군."

"그냥 갈까요?"

혼자 먹고 싶다는 뜻인가, 하고 생각했다.

"아니, 그런 게 아니고. 자신이 생각하는 이상으로 부엌에 있는 사람에게 의지하게 되니까."

"그건, 사람이니까 어쩔 수 없는 일 아닐까? 그래서 나도 신이치로 씨와 함께 생활하기가 두려웠어요. 돌봐 주어야 할 사람이 두 배로 늘어나면, 본의 아니게 이쪽에 소홀하게 될 테니까."

가에데는 말이 없었다.

답답한 침묵이었다. 공연한 생각을 하고 있는 듯 꼭 다문

입술에, 나는 아차 싶었다. 가에데의 섬세함을 잘 알면서도 이런 때는 늘 할머니의 투박함과 무심함이 그리워진다.

"사무적인 일만 처리해 주면 돼."

가에데는 단호하게 말했다. 앞은 보이지 않지만 누구에게도 짐이 되고 싶지 않은 마음은 그가 지닌 유일한 인간적이고도 뒤틀린 감정이었다.

"그럴 수는 없죠. 내 눈이 보이는 동안은 최대한 많은 분야에서 거들 거예요. 그게 나의 일이니까. 하지만 안심해요. 내가 없으면 못 살 것처럼 만들지는 않을 테니까. 그것 역시 내 일이고. 서로 신뢰하고 돕고 사는 것도 인생이에요. 그러니까 그 어깨에 진 무거운 짐을 조금 내려요."

"고맙기는 하지만…… 고맙기는 하지만, 무서워."

그렇겠지, 하고 나는 생각했다. 내게서 할머니가 떠났을 때의 기분을 잠시 떠올렸다. 할머니는 이미 늙었으니까 평생을 나와 함께 살 것이라고 얕잡아보다가 보란 듯 뒤통수를 얻어맞았을 때의 그 기분을.

"시즈쿠이시도 그건 마찬가지잖아. 이런 나를, 평생 가까이에서 보살펴 달라고 어떻게 말할 수 있겠어? 게다가 나는 사람의 마음을 거의 다 알아 버리는데.

지금까지 많은 사람들이 나를 보살펴 주었지. 그렇게 보살핌을 받는 게 어떤 일인지 알아? 많이든 적게든 좋아하게 돼. 마치 감정의 노예처럼. 그런데도 그 사람들, 남자 애인, 가정부 아줌마, 젊은 여비서, 그 사람들 모두 배신할 마음은 없었지만, 나를 배신하고 떠나갔어.

나는 여기 있을 수밖에 없고, 그리고 아무것도 할 수 없어. 그리고 사실은 사랑할 수 없는지도 모르는데, 그렇다고 결혼을 할 수 있는 것도 아니면서 평생을 그 사람들에게 갇혀 사는 게 더 싫어.

그런데도 그 사람들은 언젠가는 조건을 내밀지. 자신의 전유물이 되지 않으면 이 나날과 웃는 얼굴을 더는 제공할 수 없다는 식으로. 그 때문에 내가 얼마나 큰 상처를 입었는지 알아?"

가에데가 눈물을 흘리고 있어, 나는 너무 놀랐다.

다가가 꼭 껴안아 주고 싶었지만, 그렇게 하면 그 사람들과 똑같아지고 만다. 나는 떨리는 목소리로 작게 말했다.

"가에데의 혼이 너무 멋있어서, 다들 당신을 원하게 되는 거예요."

가에데는 손등으로 눈물을 닦았다. 마치 작은 남자 아이처럼. 그리고 말했다.

"그런 건 난 몰라. 하지만 사람들이 제멋대로 나에 대해 이런저런 생각을 하고, 이 집 안에서 갖가지 일이 일어나. 이제는 그런 것을 반복하고 싶지 않아."

"내가 바보스러운지도 모르겠지만, 상황이 조금씩 나아지고 있지 않나요? 지금은 가타오카 씨가 빈틈없이 잘하고 있으니까, 상당히 안정돼 있잖아요. 만에 하나 헤어지는 일이 있더라도, 철저한 사람이니까 주변 관리는 평생 해 줄 것 같은데. 게다가 나는 어렸을 때부터 사람을 보좌하는 훈련을 받은 프로라고요.

할머니와 살면서, 할머니를 부모로서 대하는 아이 역할과 어느 정도 거리를 두고 냉정하게 대처해야 하는 비서 역할을 동시에 훈련받아 왔으니까요. 할머니는 성격이 격하고 까다로운 사람이라서, 호되게 단련될 수밖에 없었어요. 물론 애정이 가장 우선이었지만요. 요컨대 나는 어렸을 때부터 암살집단에서 강훈련을 받은 암살 전문가 같은 사람이라고요. 그래도 무서워요?"

이 집 안에서 지금까지 어떤 일이 있었는지 생각하기가 두려웠다. 커튼을 활짝 열어젖히고 과거를 싹 환기하고 싶었다.

"그러니까 무섭다는 거지. 네가 무서워. 내 안에서 네가 지금 이상으로 중요한 존재가 될까 봐 겁이 나. 시즈쿠이시가 어디서 누구와 살든 나는 별 상관없어. 그러더라도 매일 이 집에 와서 평소에 하던 대로 올곧은 자세로 나를 도와줄 테니까.

그런데 만약 지금까지 그랬던 것처럼 또 그렇게 되면 어떻게 하지? 네가 나를 좋아하게 되고, 지난 사람들 같은 태도를 취하면? 그럼 내게는 돌이킬 수 없을 만큼 큰 상처가 남을 거야."

나는 풋 하고 웃음을 터뜨리고 말았다.

"누가 누구를 좋아할 거라고 그래요. 김칫국부터 마시는 거 아니에요?"

가에데는 누구보다 사람의 속을 잘 아니까, 내가 자신을 끔찍이 생각한다는 것을 물론 알고 있다. 하지만 사람의 눈앞에서 목소리로 직접 부정하는 힘은 강하다. 나는 그렇게 믿고 당당하게 말했다.

"그렇게 될까 봐 무섭다는 건, 가에데가 나를 엄청 좋아하기 때문이에요."

"그런 말을 아주 쉽게 하는군."

가에데는 놀란 얼굴로 말했다.

"많이 좋아하니까 무서운 거지."

"하지만 안심해요. 이 세상에 돌이킬 수 없는 일이란 없으니까. 그리고 혼자 살 수 없을 정도로 전혀 안 보이는 것도 아니니까 걱정할 것 없어요. 그리고 아무도 가에데에게서 힘을 빼앗을 수 없고. 또 가에데는 친절하니까 상대방의 기분에 맞춰 주느라, 자기 안에 쌓인 게 많겠지요. 하지만 더 이상 못 견디겠다 싶을 때는 혼자 살면 되잖아요.

 그리고 더 중요한 것은, 이미 내가 가에데를 끔찍이 좋아하고 있다는 것. 너무 좋아서 어쩔 줄 모르겠으니까, 자신의 틀에 억지로 끼워 맞추기보다는 상황에 가장 잘 맞는 틀 속에서 내 감정을 조종하고 있다는 것. 그런 게 바로 프로죠.

 그래서 신이치로 씨를 따라가지 않은 거예요. 그럼 일도 그만둬야 하니까. 할머니에 대한 마음을 가에데에게 투영하고 있다는 점에서는 나도 문제지만, 그래도 내 마음을 강요하는 것보다는 낫잖아요."

"바로 그게 문제야."

가에데가 말했다.

"부모이면서 상사였던 사람을 투영하고 있으니까, 무슨 일이라도 생기면 정말 버겁다고."

"인생, 그렇게 쉬 무슨 일이 생기나요? 가에데는 자기 마음이 무서운 거 아니에요?"

"그럴지도 모르지. 어느 정도는 그럴지도 모르지."

인정해 주어서, 나는 조금 기뻤다.

"안 좋은 일이 생길 것 같아요? 나는 아닌데."

"난, 나에 대해서는 잘 모르니까."

그렇게 투정을 부리는 것도 그로서는 흔한 일이 아니었다.

"무서워만 하면 아무것도 앞으로 나아가지 않아요. 아무 일도 생기지 않고. 아무도 사랑할 수 없고. 움직이는 게 없어져요. 고여 있는 물처럼, 자기밖에 없는 공기 속에서 몸부림만 칠 뿐이죠. 가타오카 씨나 나나 가에데의 보이지 않는 눈을 이용해서 당신을 가두려는 감옥이 아니잖아요. 그리고 보이지 않는다는 것을 꺼림칙하게 여기지도 않아요. 물론 그런 측면이 조금은 있을지도 모르겠지만, 더 큰 무언가가 있어요. 그러니까 우리가 함께 있을 수 있는 동안은, 우리 자신을 걸어 봐요."

"정말 낙천적이로군, 시즈쿠이시는."

"그렇지 않으면 부모도 없는데 산속에서 일만 하면서 어떻게 살았겠어요. 그리고 낙천적인 분위기를 제공하는 것도 내 일이니까."

"네가 진짜 무슨 생각을 하고 있는지, 나는 아직 모르는 것투성이인데, 일상 속에서 알아 가는 도리밖에 없겠지. 느낌이나 직관이 아니라 흘러가는 시간 속에서, 사람으로 말이야."

가에데가 한숨을 쉬었다.

"입이 있으니까, 말을 하면 되죠."

가에데가 웃었다.

"이상한 소리만 잔뜩 해서 미안하군."

"사람이니까, 당연한 거예요."

지금 '언제든 무슨 말이든 얘기하세요.' 라는 말을 해서는 안 된다. 그것은 가에데의 고백을 어리광으로 환치시키는 무례한 행위다.

"아쓰코를 만나서 마음이 약해졌는지도 모르지. 난 아쓰코가 늘 그리웠어. 아쓰코는 언제든 할아버지가 가장 소중하고 나는 돌아보지도 않는다는 것을 알고 있었기 때문에, 어린 시절에도 난 아쓰코에게서 자유로울 수 있었지.

그 마음이 신이치로 씨를 좋아했던 시즈쿠이시와 비슷했을 거야. 게다가 신이치로 씨가 멀리 있다는 것을 감지하고 있었으니까, 만약 시즈쿠이시가 일을 그만두고 이사를 하겠다고 하면, 그 때문에 고민하고 있다면 어쩌나 하고 상당히 동요했던 모양이야."

"입이 있는데, 왜 말을 안 해요?"

난 어처구니가 없었다.

"그건 시즈쿠이시가 스스로 정해야 하는 일이니까. 막으면 안 된다고 생각했어."

사양할 것 없어요, 난 그래 주는 게 좋으니까.

그렇게 말하고 싶었지만, 꾹 참았다. 꾹 참으면 사랑은 영원히 지속된다.

"내가 신이치로 씨와 헤어졌다는 거, 역시 감으로 알았나요?"

가에데는 웃었다.

"너는 무슨 일이 좀 있다 싶으면 풀이 폭 죽으니까. 입욕제를 만들기 시작했을 때, 아, 헤어졌구나 하고 생각했지."

"그건 감이 아니잖아! 무슨 점술가가 그래요!"

가에데가 키들키들 웃었다. 나도 웃었다.

웃음으로 공기 중에 발산시키는 것, 그것으로 충분하다고 생각했다.

그리고 나와 비취 뱀은 드디어 타이완에 도착했다.

일본은 아직 한겨울처럼 추운데, 타이완은 화창한 이른 봄 같은 날씨였다. 사람들은 얇은 코트를 입고 있었다. 맑게 갠 날에는 거의 여름처럼 햇살이 강렬했다. 따뜻한 나라 특유의 과일이 풍성하다. 파랗고 사각사각한 구아바.

과일 가게 아줌마를 빤히 쳐다보고 있으면 살짝 맛을 보여 주곤 해서, 늘 얻어먹었다. 그러고는 맛있다고 하고서 한 팩만 산다. 그리고 걸으면서 먹는다. 그런 자잘한 즐거움이 잊을 수 없는 추억으로 쌓인다는 것을 알고 있었다. 나의 아침 산책 코스에는 그 과일 맛이 늘 함께했다.

정말 낯선 맛이었다. 외국에 있다는 것을 실감했다. 그리고 그렇게 사소한 일로도 조금은 지금 이곳에 살고 있다는 기분이 들었다. 부질없는 일이지만, 과거를 버리고 지금의 자신이 된 기분이.

그것이 여행의 좋은 점이라고 생각한다.

타이베이에서 묵은 호텔 옆 스타벅스에는 중국차가 있었다. 초록색 메뉴판에 한자가 잔뜩 씌어 있었다. 나는 하루에 두 번 정도 그곳에 가서 본 적 없는 음료를 주문하는 한때를 즐겼다. 검은 타피오카가 든 시원한 밀크티, 재스민에 우유를 넣은 달짝지근한 차. 그 또한 일상을 떠나 새로이 만들어 나가는 일상으로, 이곳만의 조그만 보물이었다.

그날, 가타오카 씨가 이곳에 온 목적인 취재가 거의 끝났으니까 내일은 온천에 데려가 주겠노라고 했다. 본인이 꼭 가고 싶단다.

"내가 어쩌다 너하고 온천에 가게 됐는지 모르겠다. 아, 싫다 싫어. 온천에서 나오는 섹시한 나를 보고 이상한 마음 품지 마. 실연한 여자는 충동적이라고 하니까."

"솔직히 나도 가타오카 씨랑은 가기 싫어요. 피치 못해 가는 거라고요."

"하기야 평생에 한 번일 테니까, 너랑 출장 오는 거."

그렇게 말하면서 가타오카 씨는 웃었다. 눈초리가 부드러웠다. 상관없으니까 즐겨, 그렇게 말하는 듯이 보였다.

그렇게 배려해 주는 마음은 기쁘지만, 이제 괜찮은데. 생각은 그렇지만, 호텔의 어두운 창문에 비친 내 야윈 모습이 유령 같았다.

이러니까 걱정하는 게 당연하지. 창문 아래서는 비에 젖은 도로가 빛나고 있었다. 무지개 색, 포근한 풍경이었다. 내 손은 스타벅스의 컵을 꼭 쥐고 있다. 가녀리고 조그만 손. 미래를 잃은 여자의 손이다.

내 손인데 마치 남의 손인 것처럼, 그렇게 생각했다.

나는 가타오카 씨가 취재를 하러 간 틈에, 아쓰코 씨가 가르쳐 준 보석상을 찾아 타이베이 시내를 다녀왔다. 그리고 이제 막 수리가 끝난 비취를 찾아왔다. 금이 간 곳을 금으로 때운 것이다. 세공사는 아쓰코 씨에게서 연락을 받았다면서 수리비를 기어코 받지 않았다. 나는 고궁박물원에서 예쁜 카드를 사 와 아쓰코 씨에게 고맙다는 편지를 썼다. 커피도, 술도 사 드릴게요. 귀국하면, 시간 있을 때 언제든 연락해 주세요. 그렇게 썼다.

나는 다른 모양으로 다시 태어난 할머니의 비취에 감동했다. 금이 들어가서 한결 의연하고 아름다워 보였다.

이 일 하나만으로도 오길 잘했다고 생각했다. 무언가가 고쳐지는 것을 보는 것이 좋다. 그것이 아무리 사소한 물건이라도 치유의 과정은 나를 밝게 한다.

비밀의 화원

내일 샘이 있는 곳에 가게 되면 깨끗하게 씻어야겠다고 생각했다. 마치 뱀을 키우는 기분이었다.

약초를 채취하는 데 방해가 된다고 해서 액세서리는 한 번도 한 적 없이 자랐는데, 이 뱀에게는 점차 애착이 갔다.

목에서 풀자 내 체온이 배어 하얀 몸이 따스했다. 그 따스함에 뱀이 뽀얗게 빛나는 듯 보인다. 바짝 치켜 올라간 뱀의 눈, 아주 핸섬한 얼굴이다. 나는 그 눈을 들여다보면서, 돌이던 때부터 이런 모양으로 조각된 후의 오랜 세월 동안, 이 뱀이 보았을 것들을 생각했다. 내가 이 세상에서 완전히 사라져도, 이 뱀은 여전히 이런 모양으로 있을 것이다. 신기한 느낌이었다.

물론 이 뱀을 타이완으로 데려오는 것이 할머니의 바람이 아니었다면, 그리고 가에데의 어린 시절 친구인 아쓰코 씨의 할아버지가 소개해 준 사람에게 수리를 부탁하는 인연이 없었다면, 복잡하고 먼 인연이지만 이번에는 확실하게 이어져 있었으니까, 나는 누가 뭐라고 하든 가타오카 씨와 이 여행을 하는 일은 없었을 것이다.

일정이 숨 가쁜 여행이었지만, 출장이 어떤 것인지도 알았고 보람도 있었다.

가타오카 씨가 출자하고 편집을 거들고 있는 잡지에서 타이완의 점술 특집을 기획했고, 취재원 가운데는 풍수에

탁월한 사람과 일본 말로 점을 보는 점성술사 등 다양한 점술가가 있었다. 그리고 뼈를 만져 보고 그 사람을 파악하는 모골이라는 점을 보는 사람도 있었다. 가타오카 씨는 특히 맹인이 수업을 쌓아 점을 본다는 모골에 흥미를 느끼고, 자신이 기사를 쓸 테니 가게 해 달라고 한 모양이었다.

나는 어시스턴트일 뿐, 필자도 편집자도 아니니까 내 몫의 경비는 나오지 않는다. 모든 경비를 가타오카 씨가 냈다. 미안한 마음에 열심히 일했지만, 말이 통하지 않아 큰 도움은 안 되었다.

하지만 답답하기는 해도 괴롭지는 않았다.

이 여행 전체가 내게 새로운 활기를 불어넣어 주었다. 그렇다. 타이완에서 가타오카 씨를 위해 이래저래 바쁘게 일하다 보니까, 나는 동정심에 데리고 온 짐이라는 의식이 점차 희미해졌다.

거추장스러운 짐이나 애완동물이 아니라, 이 사람들을 위해 일하는 어시스턴트라는 자각이 생겼다. 그 자각이 내게 좋은 일이었다는 것은 말할 필요도 없다.

기록도 해야 하고, 녹음기의 충전과 녹음된 내용을 정리하는 것도 모두 내가 하겠다고 나선 바람에 낮에는 내내 일하고 이른 아침과 저녁에 호텔 주변을 산책하는 생활이 계속되었다.

타이완의 공기는 따스하고 눅눅해서, 속살이 간질간질한 느낌이었다. 타이베이 시내는 외국 회사의 빌딩이 우후죽순으로 솟은 현대적인 도시였지만, 그래도 그 간질간질함은 변함없었다. 행복한 간질간질함이었다.

낮에는 힘겹게 일하고 밤이 되어 침대에 홀로 앉아 있으면, 시간이 금방 흐름을 멈췄다.
몸이 움직이지 않아 해야 할 일을 하나도 할 수 없었다.
머리로는 알고 있었다. 음료수도 마셨고 한숨도 돌렸다. 이제 옷과 자료를 정리하고 짐을 싸야지. 샤워도 해야 되는데.
머릿속으로 몇 번이나 일의 순서를 되새겨 보지만, 몸이 움직이지 않는다.
요즘 이런 일이 종종 있다.
그때, 전화벨이 울렸다. 호텔 방의 전화였다.
"네."
가타오카 씨 말고는 전화할 사람이 없으니까 가타오카 씨려니 하고 받았는데, 가에데의 목소리가 들렸다.
"여보세요. 나야. 아직 안 잤어?"
마치 연인처럼 자상한 목소리.
가에데는 일을 할 때면 내게도 '저'라고 하고 나 역시 존

댓말을 쓴다. 하지만 일단 일을 떠나면 친구 같은 말투로 얘기한다. 평소에도 우리 사이에는 두 가지 말투가 오락가락한다.

가에데는 피렌체에서는 영어를 사용한 덕분인지 귀국하고서 한동안은 기품 있는 말투로 얘기하더니 점차 거칠어졌다. 가타오카 씨의 영향으로 입이 걸어진 탓에 툭하면 그런 말투가 튀어나온다. 가타오카 씨와 가에데는 이제 입이 거친 쌍둥이 형제 같다. 두 사람은 몸짓도 말투도 점점 닮아 가고 있다. 그렇게 사람에게 영향 받을 여유가 있다는 것도 가에데의 좋은 점이었다.

혼란스러웠지만, 지금은 친구로 전화를 건 모양이라고 생각했다.

"응. 아직 안 잤어요."

나는 가에데가 진심으로 고마웠다. 여행에서 쌓인 피로와 함께 과거의 무게에 짓눌려 있는 나를 단숨에 해방시켜 준 가에데가.

"일이 많이 힘들다면서? 수고했어. 어때, 기분 전환이 좀 됐어?"

"응. 가타오카 씨가 줄줄이 점술가를 만나서 인터뷰를 해 오니까, 꽤 바빴어. 여긴 점술가들이 엉터리에서 베테랑까지, 정말 다양하게 많아요."

비밀의 화원

"얘기 들으면 재밌겠다."

돌아가면 가타오카 씨와 둘이 침대에서 편히 쉬면서 그 얘기들을 들으리라.

내게는 생생하다기보다 귀여운 광경이다. 어떤 커플이든 오래 사귀다 보면 그렇게 되는지도 모른다. 그리고 두 사람은 늘 경계에서 사는 느낌이니까, 그런 편안함이 그다지 어울리지 않는다. 그러니까 그렇듯 차분한 관계에 이르기까지가 무척 고된 여정이었으리라고 생각한다.

지난번에 우는 가에데의 모습을 보면서도 그런 생각을 했다.

아직은 둘 다 젊고, 앞날이 소중한 사람들이라고 생각되었다. 그렇게 생각하자 지금 이 시간이 더 귀하게 느껴졌다. 지금을 어떻게 보내느냐에 따라 미래의 성숙이 결정된다.

"자료는 내가 갖고 있으니까, 언제든지."

"비취는 어떻게 됐어? 고쳤어?"

"응. 아쓰코 씨 할아버지의 친구가 하룻밤 사이에 금으로 감쪽같이 때워 주셨어. 솜씨가 너무 좋아서, 원래부터 그랬던 것처럼 빛나고 있답니다."

"내일은 온천에 간다면서?"

"응, 오늘, 가타오카 씨가 마지막으로 모골 취재를 끝냈거든. 내일 하루는 휴식."

"그래, 많이 즐겨. 아름다운 것도 많이 보고."

많이 즐겨. 아름다운 것도 많이 보고. 가에데의 입에서 나온 말은 모두 그대로 의미가 된다. 강철처럼 단단하고, 어느 모로 보아도 다른 마음이 엿보이지 않는, 아름다운 것이 된다.

그 말이 내 가슴에 툭 떨어져, 향기를 피운다. 반짝반짝 빛나고, 거품처럼 톡톡 튀었다. 그 느낌이 온몸으로 퍼져 나가 조그만 상처마저 빛에 감싸였다.

"고마워요. 가에데도 몸조심하고. 돌아가면 맛있는 타이완 요리 만들어 줄게요."

내 말이 조금이라도 애매해지지 않도록, 나는 기도를 담아 말했다.

"음, 두 사람이 없으니까 매일 조용하기는 한데, 무척 외로워. 개그 같은 둘의 대화도 들을 수 없어서 심심하고."

전화를 끊고 나자, 마음이 꽃처럼 활짝 피었다. 조금 전까지 빳빳하게 느껴졌던 시트도 부드럽고 청결하고 보송보송하게 피부에 닿는 느낌이었다. 아, 잠들지도 모르겠다, 이대로, 꽃에 묻힌 듯한 기분으로, 천사에게 안긴 것처럼 포근하게. 나는 불을 끄고 눈을 감았다. 슬픈 일은 생각하지 말고, 다만 이 편안함 속에서 자자고 생각했다.

이것이 가에데가 지닌 힘이었다.

비밀의 화원

타이완에 와서 처음 쉬던 날, 운전사와 함께 차를 빌려 베이터우란 곳에 갔다. 이런 일도 가타오카 씨니까 가능하다. 취재를 위해 빌린 차의 사용 기한을 연장한 것이다.

돈의 힘에 대해서는 한 번도 생각해 본 일이 없는데, 이런 때 가타오카 씨가 목표를 정하고 필요한 돈을 과감하게 쓰는 데는 탄복하지 않을 수 없다. 짐이 많이 늘어나서 차가 없었다면 둘 다 고생이 말이 아니었을 것이다.

하늘은 새파랗고 맑았다. 무더운 나라 특유의 쨍쨍한 햇살이었다.

나는 같은 하늘 아래 있는 사랑하는 사람들을 생각했다. 몰타 섬에, 그리고 도쿄에 있는 사람들. 수는 많지 않아도 무언가를 확실하게 나누고 있는 사람들.

"가타오카 씨."

"응? 아, 미안. 내가 그만 잠이 들었군."

가타오카 씨가 졸린 듯 그러나 친절하게 대답하는 모습이 섹시했다. 사실은 좋은 사람인데 그래서 더욱 심술궂게 구는, 흔히 있는 성격이 이렇게 잘 어울리는 사람도 드물다.

"아, 괜찮아요. 그냥 주무세요."

"아니, 됐어. 왜?"

가타오카 씨가 몸을 일으키며 말했다.

"지금 잘 생각, 전혀 없었으니까."

"가타오카 씨, 모골점을 보는 할아버지 어땠어요? 어떤 느낌이었어요? 괜찮으면 얘기 좀 해 주세요."

"아, 굉장히 좋았어. 앞이 보이지 않고 나이는 거의 여든에 가까운데 상당히 젊어 보였어. 방은 아름다운 악기로 장식돼 있었고. 그가 연주하는 악기라고 하더군."

"그 정도만 들어도, 가슴이 벅차오르네요."

"음, 너무 연로해서 일본으로 모실 수도 없고, 제자들은 아주 많은데 한 수 가르쳐 주십사 할 분위기가 아니었어. 가에데는 보는 것만으로 족할지도 모르지. 얘기를 들을 때는 배워 보면 어떨까 하고 생각했지만, 방법이 좀 다른 것 같으니까. 그래도 가 보길 잘했어. 무엇보다 아주 반듯하고 에너지가 넘치고 즐거워 보였어. 나이를 느낄 수 없을 만큼. 악기로 가득한 응접실도 좋았고. 마치 영화의 한 장면을 보는 것 같았지. 이런 표현을 이해할 수 있을지 불안하지만, 현악기 특유의 아름다운 음색이 방 안에 흐르는 듯했어."

"그래서 점을 봤나요?"

"응. 내 손을 이렇게 잡고서……."

가타오카 씨가 내 두 손을 잡았다.

"그리고 손목에 가까운 뼈를 이렇게 톡톡 두드리는데, 그 힘이 얼마나 강하고 부드러운지, 감동적이었어. 그러면서 무언가를 읽었겠지. 주로 일에 관한 것을 일본 말로 물 흐르듯 얘기하는데, 다 좋은 내용이었어. 일이 순조로울 것이라는 얘기가 많았지. 돈은, 공연한 데 너무 많이 쓴대. 역시 너를 공연히 데려왔다는 뜻인가?"

가타오카 씨는 그렇게 말하며 웃었다.

가타오카 씨를 톡톡 두드린 감촉만으로도 할아버지의 고결하고 자상한 마음이 전해지는 듯했다. 타인의 인생을 도우며 평생을 살아온 존재의 무게가 내게도 보이는 듯했다.

내용은 가타오카 씨의 프라이버시라서 더 이상 묻지 않았다.

하지만 가타오카 씨의 마음속 무언가에 불이 밝혀진 듯해서 나까지 기뻤다. 타이완에 출장 오기를 잘했네, 하고 생각했다. 수확이 없으면 일한 보람도 줄어든다.

"그 사람의 다양한 면모를 보면 가에데 선생님에게도 큰 힘이 되겠죠."

"직접적으로 뭐가 어떻게 변하는 일은 없어도, 새로운 지식은 그에게도 기분 전환이 될 테고, 같은 길을 걸으면서 나이를 먹은 사람을 알게 되면 힘이 되겠지."

"그럼 이 나라와 당분간 인연을 맺게 되겠군요."

"음, 대단한 사람이 아직 많은 것 같으니까 또 오겠지. 가에데도 데리고 오려면 역시 네가 있어 주는 편이 좋겠는

걸. 가능하면 중국어도 좀 공부하면 도움이 되겠지. 영어도. 한마디라도 좋으니까. 하기야 가에데가 영어를 할 줄 알고 모골 선생님은 일본 말을 할 줄 아니까 갑작스럽게 필요할 일은 없겠지만, 언제 어디서 써먹게 될지 알 수 없으니까 말이야."

"알겠어요."

무언가가 조금 확대된 기분이 들었다. 상상해 본 적도 없었다. 내가 외국으로 출장을 가는 상황에 처하다니. 그 때문에 공부할 일이 생기다니.

"네게도 도움이 될 텐데, 아닌가? 실연해서 따분한 시간을 죽일 수도 있고 말이야."

가타오카 씨가 웃었다.

"괜한 소리 마세요."

"이제 슬슬 앞을 보자고. 그러면서 네가 만든 약초차와 입욕제도 팔고. 우리 꽤 멀리까지 갈 수 있을지도 모르잖아."

"네, 아무도 없을 때는 집도 지키겠지만, 가끔은 이쪽에 와서 일을 거들 수 있으면 좋겠네요. 나, 이 나라가 아주 좋아졌어요. 약초차와 입욕제는 가타오카 씨가 팔고 싶은 마음이 생길 때 쓸 수 있도록 계속 개선해 보려고요. 그런데 어떻게 해야 산속에서 만들었던 차와 똑같은 질을 유지할 수 있는지는 아직 모르겠어요."

"그렇지, 어중간한 상태에서 팔 수는 없으니까."

그 말에서 그가 내가 만든 입욕제와 차를 꽤 진지하게 생각하고 있다는 것을 알았다.

소름이 끼치도록 불건전한 설정 속에서 빛나는 구슬 같은 건전한 생각이 기다리고 있는 일도 종종 있고, 때로는 그런 일이 오히려 많다는 것을 보고 듣기는 했지만 내가 그 속으로 들어간다는 것이 놀라웠다.

의무교육도 제대로 받지 못한 내가 우등생처럼 건전한 인생들 사이에 있다. 일이 즐거움이 되어 가고, 사람과의 연대도 굳건하게 자란다. 그 안에 할 일이 가득하다.

마치 다카하시 씨의 정원처럼.

끔찍한 설정에서 튀어나온 보석처럼, 새롭고 건강한 인생이 내 앞에 펼쳐져 있다.

온천 마니아인 가타오카 씨를 따라 오후에 양명산에 들렀다.

한참을 걷는데, 일본의 도시에서는 맡을 수 없는 옛 냄새가 나를 에워쌌다. 초록의 냄새다. 짙게 살아 있는, 진정한 초록이 저주처럼 격렬한 생명력의 소용돌이를 세상을 향해 토해 내는 냄새, 활기차고 왕성하게.

나는 너무 반가워 눈물이 나올 것 같았다. 그것은 내가 오래도록 살았던 곳의 냄새였다.

그리고 많은 것들이 생각났다. 송충이가 우글우글 모여 드는 나무, 말벌, 그리고 뭔지 알 수 없지만 꿈틀꿈틀 기어 가는 반투명한 것들, 자칫 잘못 손대면 손바닥 안에서 생명이 짓뭉개지는 그 느낌.

자연 속에서 실은 사람들이 점점 조심스러워진다는 것, 예민해진다는 것을 도시 사람들은 상상도 못 하리라.

그리고 아무리 주의를 해도 나도 모르게 무언가에 찔려 늘 어딘가가 퉁퉁 부어 있던 기억도 떠올랐다.

식물을 채취해서 씻기까지의 그 멀고 먼 길, 그 지겨움과 성가심과 허망함도 떠올랐다. 날씨가 나빠 마음이 늘어지면 금방 곰팡이가 낀다. 그렇게 되면 모든 것이 허사다. 종일 산을 돌아다닌 것이 무로 돌아간 일도 몇 번이나 있었다. 그런 만큼 조심스럽게 정성을 들여 풀을 말리게 된다. 그늘에서 말려야 하는 풀은 휘발성 물질을 포함하고 있어서, 실수로 햇볕에 널면 끝장이다.

머릿속에서 아무리 오래 상상해도 희미해지는 것 가운데 하나가 냄새다.

나는 이 냄새가 내게 얼마나 큰 힘을 주었는지 새삼 깨달았다. 내 세포 하나하나에 스며드는 것처럼 냄새를 느낄 수 있었다. 그리고 내가 산속 생활을 얼마나 그리워하는지도 알았다. 무엇 하나 없어도 상관없었다. 해가 뜨고 지는 것만으로도 거기에는 충실함이 있었다. 살아만 있어도 몸 안에서 늘 소용돌이가 펑펑 돌고, 따뜻하고, 힘이 솟았다.

나는 징그러운 벌레와 질척거리는 물가와 소복한 숲의 해괴한 모양 속에 묻혀 살았다. 살며시 몸을 기대는 것이 아니라 호물호물 뒤섞여 눈을 감고 쉬고 싶다. 그 안에서는 깔끔한 것보다 땀에 젖은 옷이 편하고, 아무리 더워도 긴 소매를 입고 면장갑을 끼는 편이 녹아들기 쉽다.

그 장소에서는, 그때의 산속 생활을 떠올릴 수 있었다.

이제는 돌아갈 수 없다. 산으로 돌아갈 수 없다. 그렇게 생각하자 너무도 그리워 눈물이 또 한 방울 떨어질 듯했다.

그런데 폭포가 보이면서, 그 활기와 바위 위에 모셔 놓은 불상의 온화한 얼굴에 모든 것을 잊었다. 물이 맺힘 없이 흐르면, 사람은 해방된다. 모두들 저마다 편한 자세로 쉬고 있다. 나도 비취 뱀을 물에 담갔다. 투명한 물에 잠기자 뱀도 더욱 투명해 보였다.

모르는 사람의 뼈와 함께 살았던 내 의심의 세월을 씻어 버리듯…… 왠지 그런 생각이 들었다.

아주 사소하지만 머릿속에 오래 남아 있었던 일을 알게 되어 후련했다.

할머니의 인생은 앞으로도 어쩌다 한 번씩 언뜻언뜻 밝

혀질 것이다. 곁에 할머니밖에 없던 옛날에는 조금 무서웠지만, 지금은 그게 오히려 즐거움이다.

양명산 근처에 있는 공원에 무료 노천탕이 있었다. 나와 가타오카 씨는 그 앞 벤치에서 만나 각자 노천탕으로 갔다.
어떤 순서로 들어가야 하는지도 모르겠고 치안도 그다지 좋아 보이지 않아 한 아주머니에게 물어보았다. 아주머니는 짧은 일본 말로 친절하게 가르쳐 주었다.
"삼십 분에 한 번 교대할 때 들어갈 수 있어요. 짐은 보이는 곳에 두는 것이 좋고, 머리는 물에 잠기지 않게 고무줄로 묶어요."
일본 말을 하는 아주머니의 목소리가 예쁘게 울려, 신선했다.
그리고 나는 아주머니가 가르쳐 준 대로 뜨거운 물에 몸을 담갔다.
천장으로 햇살이 비치고, 알몸으로 다른 나라 사람들과 함께 있는데 전혀 거부감이 없었다. 눈이 마주치면 모두들 싱긋 웃어 주었다. 밖에서는 몸을 식혔다가 다시 한 번 노천욕을 즐기려는 아주머니들이 속속 모여들어 수다를 떠는 소리가 들렸다. 어느 나라나 다르지 않다.
물은 소스라칠 정도로 뜨겁고 일본의 온천물보다 짙고

탁해서 그 성분이 몸으로 배어드는 듯했다. 다부지게 마음 먹고 들어가지 않으면 지고 말 정도의 힘이 느껴진다. 온천욕을 한다는 것, 실은 이런 것이라고 생각했다. 원래는 몸을 풀기 위한 것이 아니라 힘을 빨아들이기 위한 것이었으리라.

나와 보니 가타오카 씨가 상반신을 드러낸 아저씨들 가운데 섞여 돌 벤치에 멍하니 앉아 있었다. 가타오카 씨를 보면 늘 인생을 즐기고 있다는 생각이 든다. 그에게서는 태양의 냄새가 난다.

줄지어 있는 노점에서 맥주를 샀다. 그리고 냄새나는 두부 튀김 일인분을 사서, 멍하니 하늘을 바라보면서 둘이 마시고 먹었다.

나는 많은 것들을 깨끗이 잊을 것이다.

몸이 먼저 잊어 가겠지, 하고 생각했다.

"그래, 실연의 아픔이 조금은 나았나?"

가타오카 씨가 솔직하게 물었다.

"네, 다 나았어요."

"너 말이야, 존경하고 싶어지게 만드는 구석이 있다니까. 그 점이 너와 그 사람의 차이야. 그 사람은 말이지, 미적지근해. 결정적으로 미적지근하다고. 살려고 하지 않아."

"그렇게 한심한 사람은 아닐 텐데요. 난 그를 존경했

어요."

나는 일단은 신이치로 씨를 변호했다. 헤어진 애인의 험담을 하는 것만큼 허무한 일도 없다.

"옛날 친구, 친구의 아름다운 어머니, 잊지 못할 첫사랑. 그게 다 나르시시즘이잖아. 그런 건 말이지, 사람이 살아가는 인생에서 아주 하찮은 거라고. 장래를 걸 만한 일이 아니야. 진짜 남자라면 그런 건 벌써 백 년 전에 다 끝내고, 그저 추억의 밤의 일부가 되어 있을 일이라고. 난 그런 거 옛날 고리짝에 다 끝냈어."

가타오카 씨는 늘 그렇듯 분명하게 말했다.

"그런 것을 극복하려고 선인장에 몰두하는 것 아닐까요, 그 사람?"

"편들기는."

가타오카 씨는 웃었다.

"그리고 난 알아요. 신이치로 씨가 얼마나 편집광적으로 그 정원을 갖고 싶어 하는지. 사람이 아니에요. 결국은 다카하시 씨나 그의 어머니가 아닌 정원을 원했던 거예요. 가타오카 씨는 그 정원을 보지 않았기 때문에 그런 말을 할 수 있는 거예요. 만약 봤다면, 내 말을 금방 이해할 거예요. 난 그의 그런 면, 그렇게 미친 듯이 집착하는 면을 좋아했어요."

"음, 조금은 알 것 같은데. 넌 말이야, 역시 예리해."

"그런 머리가 연애에는 아무 도움도 안 되죠. 졌어요, 나. 나도 신이치로 씨를 원했어요. 절대 나를 돌아보지 않는, 이미 인간은 사랑하지 않는 존재니까. 그 점이 좋았던 거죠. 그리고 아쓰코 씨의 영향도 컸어요."

"질투인가?"

"아뇨. 질투였으면 차라리 좋았을 텐데. 비슷한 시기에, 마치 무슨 암시처럼 서로 닮은 것을 본 거죠. 내가 소중히 여기는 남자 둘이, 그들 자신이 소중하게 여겨 온 과거의 여인을 거의 동시에 봤으니까. 그런데 아무리 생각해 봐도 아쓰코 씨 쪽에 수긍이 갔어요.

세상에서는 다카하시 씨 어머니 쪽이 정상으로 보이겠지요. 말에도 전혀 빈틈이 없었고. 하지만 딱 한 가지, 그 정원이 아니라 신이치로 씨의 마음과 그 여자의 태도에 아주 희미하지만 어떤 허식 같은 것이 보였어요.

그리고 난 그것을 가에데와 아쓰코 씨의 천진함, 순수함과 비교하지 않을 수 없었죠. 어느 쪽이든 진지하다는 것은 알겠는데, 내 취향에 맞지 않았어요.

난 가에데나 아쓰코 씨의 그 기묘하고 약한 순수함에 이끌렸어요. 아주 단순하게, 싫고 좋은 것을 가르듯. 그리고 일단 그런 생각이 들고 나니까, 신이치로 씨의 세계로는 돌아갈 수 없었어요. 정말 괴로웠죠. 나를 속여서라도 돌아가고 싶었지만, 결국 그러지 못했어요."

한심한 고백이었다. 아무 멋도 맛도 없는.

거기에는 껍질을 벗은 사실밖에 없었다.

사랑과 연애를 걷어 내자 드러난 사실은 벌판에 나뒹구는 백골처럼 선연하고 깔끔해서, 기분이 좋을 정도였다. 그런 것에 살과 풍경과 상념을 덧붙여 간신히 존재했던 것이다.

"네가 하는 말, 충분히 이해하겠어. 하지만 언젠가 조금은 후회할지도 모르지. 젊음의 결벽함 때문이었을 수도 있으니까. 가에데에게도 게으르고 느슨하고 어두운 부분이 아주 많은데 넌 가에데와 육체관계가 있는 것도 아니니까 알기가 어려웠을 거야."

"그럴지도 모르겠네요."

나는 웃었다. 가타오카 씨의 현명함이 유쾌했던 것이다.

"하지만 이 나이의, 지금 이 시점에서의 선택이니까 상관없어요. 여기에 오기까지 난 가에데도 가타오카 씨도 없는 외톨이였어요. 할머니도 떠나고, 그래서 처음 본 신이치로 씨를 부모라고 생각한 거예요. 새끼 오리처럼. 그렇게 믿지 않으면 불안하고 허전해서 견딜 수 없을 정도로, 완벽하게 나 혼자였어요. 그런데 끝까지 믿을 수 있을 만

비밀의 화원 167

큼 강하지 않았던 거겠죠."

"누구든 내내 혼자 있기는 싫지. 그러니까 그때는 서로가 필요했던 거겠지. 어때, 네 덕분에 이혼도 했고, 네 덕분에 첫사랑과도 다시 만났잖아."

"너무 노골적인 거 아닌가요?"

"그게 일이라서 말이지."

주위의 짙은 녹음이 저녁때가 되어 빛을 반사하면서 더욱 짙은 초록으로 물들어 가는 느낌이었다.

맥주를 다 마신 후에 노점에서 차를 사서 마시면서 걸었다. 땀이 끈끈하게 배어 나왔다. 이 나라에서 파는 페트병에 든 차는 대체로 단데, 훅훅 끼치는 열기 속에서 유난히 맛있게 느껴졌다. 일본에는 이렇게 후덥지근한 공기의 폭력적인 빛이 이미 없어진 것일까? 일본의 요즘 더위는 햇살만 쨍쨍할 뿐, 이렇게 원초적인 더위는 아니라고 생각한다.

옛날이 좋았다는 얘기가 아니라, 쾌락이 줄었다는 뜻이다.

원초적인 더위에는 몸 전체가 기뻐한다. 더, 더 괴롭혀달라는 식으로. 나는 그런 것을 좋아했다. 몸을 시원한 물에 담가 뼈까지 식히는 것도 좋고, 뼈까지 식은 몸을 다시 태양 빛에 드러내는 것도 좋다. 세계와 섹스를 한다는 것은 그런 것이리라고 생각한다.

그런 내 마음도 모르고 가타오카 씨는 이렇게 중얼거리면서 차를 마셨다.

"근사하게 타면 타는 것도 괜찮은데 말이야."

타이완에서 너무 많이 먹었다고 돌아가면 다이어트를 한단다. 나는 여자와 여행해 본 적은 없지만, 늘 깔끔하고 말쑥하게 차려입고 겉모양에 신경을 쓰는 가타오카 씨를 보면서 여자와 여행한다는게 이런 느낌일까 하고 생각했다.

그건 그렇고.

"타이완에 잘 다녀와!"라고 한 아쓰코 씨 말대로 되고 말았다. 물론 할머니의 예언도 맞았지만.

나는 이곳에 온 후로, 아쓰코 씨의 표정과 타이완 얘기를 할 때 환하게 웃던 모습을 몇 번이나 떠올렸다.

그녀를 만나지 않았다면 나는 오지 않았을지도 모른다. 왠지 그런 기분이 든다. 그 사람을 다시 만나겠지, 아마. 그 화사한 사람을, 좋은 느낌으로. 그렇게 생각했다.

내가 아쓰코 씨와 할아버지를 도운 일이 돌고 돌아 언젠가는 나를 도와줄지도 모르지, 하는 생각도 했다. 그렇게 좋은 일은 고리처럼 퍼져 나가고 또 순환하는지도 모른다. 가늠할 수 없으리만큼 먼 곳에서, 계산할 수 없는 인연으로.

빛은 봄을 완전히 지나 여름인데, 한 차례 부는 바람이

달아오른 볼을 시원하고 상쾌하게 스치고 지나갔다.

"너, 앞으로 어떻게 될까? 아, 물론 가에데는 넘겨 줄 수 없어."

차 있는 데까지 걸어가면서 가타오카 씨가 말했다.

"괜찮아요, 내 마음은 그런 게 아니니까. 가타오카 씨가 늘 의심하는 것과는 조금 달라요. 아주 조금이지만."

나는 웃었다.

"제발 부탁이니까, 진정한 사랑으로 지켜보겠다는 둥 그런 시시껄렁한 소리는 하지 마."

가타오카 씨도 웃었다.

"그런 것과도 조금 달라요. 가에데를 원하는 마음이 없지는 않아요. 하지만 조금, 아주 조금 달라요."

나는 솔직하게 대답했다.

"저 말이지…… 최악의 경우에는, 내 씨로 아이를 만들어도 돼. 징글징글해서 눈 꼭 감고도 못 하겠지만, 지금은 의학이 발달했으니까. 방법도 여러 가지가 있고."

가타오카 씨의 말에 나는 웃음을 터뜨렸다.

"앞뒤가 영 안 맞네요, 가타오카 씨. 그리고 왜 내가 가타오카 씨의 아이를 만들어야 하죠? 가에데와는 왜 안 되죠? 안 그래요?"

"그건 싫으니까 그렇지. 그럼 뭐 어때서. 최악의 경우,

그렇게 아이 만들어서 모두 함께 키우면 좋잖아."

뭐야, 가타오카 씨가 그러고 싶은 거잖아, 하고 생각했다. 한층 더 복잡한 사람이란 인상이 짙었기에, 놀랐다. 그래서 그가 좋은 사람이라는 것을 조금 더 알게 되었다.

외로운 거야, 역시. 가에데와는 아이를 가질 수 없다는 것이. 그리고 나는, 내가 아이를 가질 수 있다는 것이 정말 신기하게 느껴졌다. 내게는 아직 팔팔한 자궁과 난자가 있다. 딱히 원해서 갖고 있는 것은 아니지만, 아무튼 있다. 그들에게는, 없다.

그것만 있어도 유리하다고 생각하는 여자가 이상하지 않을 만큼, 그것은 절대적인 것이었다.

"그러니까 그건 정말 최악의 경우죠."

정말 최악의 경우다. 있을 수 없다. 이 사람들의 인생에 휘말릴 수야 없지, 하고 생각하면서도 그들이 사랑스러워, 너그러운 마음으로 말했다.

"걱정 마세요. 그 정도는 내 손으로 조달할 테니까. 연애도 하고."

"그건 상관없지만, 일을 그만두면 안 돼. 부탁이야."

"주문이 너무 많네요. 하지만 절대 그만두지 않을 거예요. 이 일은 내 삶의 보람이니까. 그리고 가에데도. 가타오카 씨, 『앨저넌에게 꽃다발을』이란 책, 혹시 읽어 봤나요?"

"읽었지."

"난 거기 나오는 주인공 같은 심정이에요. 산에서 내려와 새로운 지식을 흡수하지만, 언젠가는 다시 원래의 나, 아무것도 없는 백지 같은, 갓난아기 같은 나로 돌아가고 싶어요. 그 책은 슬픈 얘기지만, 좀 다르게, 난 많은 경험을 한 후에 한 바퀴 돌아서 언젠가 원래의 나로 돌아갈 거예요. 산으로 돌아간다는 의미는 아니에요. 마음속 공간의 문제죠. 하지만 지금은 도중이니까, 열심히 흡수할 거예요. 해피 엔드를 지향하지도 않아요. 나 자신은 내가 평생 책임질 거예요. 할머니의 자손이니까."

"아, 사람 죽인 할머니의 자손이란 말이지."

"죽이지 않았댔어요."

나는 웃었다.

"나는 가타오카 씨의 소유물이 아니니까 가타오카 씨가 원하는 대로 될 수 없을지도 모르지만, 어쨌든 정말 고마워요. 이렇게까지 나를 친밀하게 대해 주는 것, 정말요. 가능하면 가타오카 씨가 원하는 대로 되고 싶을 정도예요. 그것만은 믿어 주세요."

"너 살고 싶은 대로 살면 되는 거야."

목욕을 방금 마친 가타오카 씨의 머리가 손질하지 않아 부스스 제멋대로인데도 아주 멋져 보였다. 아아, 좋다. 외국에서 이렇게 멋진 남자와 나란히 걷고 있고, 멀리에는 짙은 초록으로 빛나는 산의 커다란 실루엣이 있고, 그리고 그런 두 사람이 연인이 아니라니, 정말 풍요롭다. 그것만으로도 무언가가 활짝 열린 느낌이다.

나는, 이렇게 활짝 열린 느낌을 추구하리라고 생각했다.

그런 즐거움에 흥이 올랐는지, 실연한 후 바쁠수록 편하고 한가할수록 괴로웠던 나를 까맣게 잊고 말았다. 낮 시간을 즐겁게 지내면서 많은 대화로 발산한 덕분에 더욱 그랬다.

하지만 좋은 때와 나쁜 때는 반드시 번갈아 찾아온다.

우선 밤의 온천이 신이치로 씨를 생각나게 했다.

울 뿐이라면 이제 익숙하니까 무섭지 않은데, 신이치로 씨를 생각하면 앞이 캄캄해지니까 무섭다.

호텔 옥외에 있는 그 노천탕은 가족 단위의 손님을 위한 수영장처럼 생겼고, 커다랗고 노란색의 버섯 모양 분수가 있었다. 그 외에도 조그만 노천탕이 몇 군데 있었다. 높은 곳에 있어서 가장자리에 기대어 내다보니, 산들 사이 멀리로 빌딩가가 희미하게 보였다. 그리고 놀랄 만큼 다양한 냄새가 났다. 유황 냄새, 그리고 초록의 냄새.

이제 탕에서 나와 방으로 돌아가도 신이치로 씨는 없다

고 생각하자, 더 이상 남아 있을 리 없는 눈물이 또 나왔다. 꼭 쥐어짠 걸레에서 최후의 한 방울처럼 스며 나오는 눈물이었다.

초음파 욕조에서 울고 있는 나를 보고 놀란 가타오카 씨가 내 손을 잡고 외쳤다.

"빨리 밥 먹으러 가자, 밥!"

노란 버섯을 배경으로 당황해하는 표정이 사진에 담고 싶을 정도였다.

그 친근함에 놀라 눈물이 쏙 들어갔다. 가타오카 씨의 손은 커다랗고, 왠지 끈끈하고 축축했다.

호텔 현관을 나서자 눈앞을 가로막은 산과 가파른 길뿐인 시골 풍경 여기저기에 식당이 흩어져 있고, 일을 끝낸 사람들이 밥을 먹고 있었다. 우리는 성큼성큼 걸어 한 가게로 들어갔다.

가타오카 씨는 "일단 마셔, 마셔, 응!"이라면서 내 잔에 타이완 맥주를 따라 주었다. 나는 목이 마른 참이라 한 잔을 마셨다.

일이 끝났다는 안도감에다가 온천에서 따끈해진 몸에 울기까지 해서 술기운이 빙빙 돌았다.

그리고 채소볶음과 버섯, 고기가 잇달아 나왔다.

"먹어 먹어. 어서 어서 먹어. 먹고 푹 자."

"신경 쓰지 않아도 돼요, 이제 괜찮으니까. 그리고 오늘 밥값은 내가 낼게요."

"어이구, 크게 나오시는데."

가타오카 씨가 웃었다.

"여기, 틀림없이 쌀 거예요."

활기가 있고, 가족끼리 온 손님도 있고, 테이블과 의자는 싸구려지만 나오는 음식은 모두 신선했다. 낯선 채소의 초록색이 형광등 빛 아래서 반짝반짝 빛났다. 나는 본 적 없는 그 모양을 보다가, 그제야 겨우 내가 외국에 있고 지금은 지금일 뿐, 신이치로 씨가 있었던 때가 아니라는 현실로 돌아올 수 있었다.

머릿속에 있는 과거의 망령이 가끔 온몸으로 차오른다. 그러면 머리가 몸에서 떨어져 나가 점차 옛날의 환영에 젖는다. 한이 없는 그 환영은 자유자재로 꿈틀거리며 가장 아프고 약한 곳을 확대시켜 나를 찌른다.

슬픔이 언제 나를 덮칠지 알 수 없다.

긴장을 풀지 않고 한 걸음 한 걸음 걸어가야 한다. 그런 기분이 들었다.

깜깜한 언덕길을 걸어 돌아갔다. 폐허가 된 호텔과 어둠 속에서 불쑥 튀어나오는 차가 무서워 나는 가타오카 씨와 손을 잡고 걸었다.

비밀의 화원

어린애가 어른의 손을 잡고 걷는 느낌이었다. 노래를 부르고 팔을 앞뒤로 휘저으며 걸었다. 하늘 높이에서 별이 반짝거렸다. 언젠가 꾸었던, 신이치로 씨와 별이 돋은 하늘을 올려다보는 꿈이 되살아났다.

그리고 멀리 보이는 산등성이는 새카만 그림자 같고, 그 기슭의 거리에는 해묵은 느낌의 부드러운 불빛이 가물가물 빛났다. 강이 흐르고 있어, 멀리서 물소리가 들렸다. 그리고 거기에서 신선한 공기가 쉼 없이 태어난다는 것을 알 수 있었다. 많이 둔해진 내 감각으로도 족히 알 수 있었다. 냄새가 나기 때문이다.

따스하게 손잡고, 얼근하게 취한 두 사람은 행복한 추억을 만들었다. 지금, 여기서 만들어진 추억의 즐거움이 과거까지 비추는 기분이었다. 더 밝게 빛나, 먼 과거까지 밝혀 주었으면 한다. 이 어두운 산길을.

"넌 참 좋은 녀석이야."

가타오카 씨가 말했다.

"별 의미도 없이 너를 평가하는 가에데의 기분을 이제야 알겠어."

"의미도 없이는 아니죠."

운 탓에 눈이 부어, 방에서 혼자 목욕을 했다.

몇 시간 전의 나였다면 이런 일은 절대 생각지 못했으리라. 온천은 늘 신이치로 씨를 생각나게 하니까. 하지만 먹고 마시고 걷다 지쳐, 온천물에 몸을 담그고 싶어졌다.

새카만 돌로 만든 욕실이 제법 멋들어졌다. 수도꼭지를 틀자 유황 냄새 나는 뿌연 물이 힘차게 쏟아졌다. 찬물을 섞고 싶지 않아 창문을 활짝 열고, 건너편 언덕길을 바라보고 강물 소리를 들으면서 뜨거운 물이 적당히 식기를 기다렸다. 조금은 낡고 초라한 호텔이지만 그래서 더 마음 편했다. 가족끼리 찾아온 손님들이 수영복을 입고서 버섯 수영장에서 물놀이를 즐기는 그런 곳이었다.

온천물에서 올라오는 김만 닿아도, 피부가 촉촉하고 매끈해졌다.

가타오카 씨와 얼근히 취해 노래를 부르면서 흥겹게 걸어온 덕분에 나는 혼자서도 외롭지 않았다.

가슴이 찡한 것은 멀리까지 왔기 때문이다. 그리고 그 길이, 이런저런 사연이 많았지만 그래도 멋졌기 때문이다.

적당하게 온도가 내려간 온천물에 몸을 담갔다. 몸은 뜨거운데 얼굴에만 시원한 바람이 스쳤다. 바닥이 보이지 않을 만큼 뿌옇고 강한 힘을 지닌 물이 찌릿찌릿한 감촉으로 내 몸 주위의 색까지 감쌌다.

문득 눈길을 돌렸는데, 눈앞에 있는 검은 돌에 아주 예쁜 무늬가 있었다. 정말 문득 보았을 뿐인데, 눈길을 뗄 수 없을 만큼 예뻤다. 물방울이 벽을 타고 내려오며 만든 비스듬한 선이 이어져 있었다.

김으로 뿌연 세계 속에서 그것은 숲을 그린 풍경화처럼 보였다. 나무들이 멀리 또는 가까이 한없이 깊게 층을 이루고 있고, 나는 입구에서 그런 숲을 바라보는 기분이었다. 나뭇가지마저 진짜 잎이 달린 나뭇가지처럼 리얼하게 보였다.

김과 물방울과 바깥 공기는 욕실 벽에 완벽한 숲을 그리려 의도하지 않았을 것이다. 그런데도 오늘 본 양명산의 숲보다 훨씬 더 숲 같았다. 내 인생에서 본 모든 나무들, 그리고 어쩌면 꿈에서 보았을 모든 숲의 풍경이 거기에 그려져 있는 듯했다.

나는 조금은 두려운 마음에 옆으로 쓰윽 선 하나를 그었다. 그러자 숲이 일그러지면서 그냥 욕실 벽이 출현했다.

분해서 몇 개나 선을 그었다. 나는 알몸으로 아무런 추억도 감정도 없는 그 행위에 몰두했다. 제일 처음에 그은 선이 그나마 나았다. 나머지는 작의가 노골적으로 드러나는 밉살맞은 선이었다.

그렇구나! 그런 거였구나! 하고 생각했다.

다카하시 씨는 방금 전까지 있었던 완벽한 숲에, 자연이 그려 놓은 궁극의 선을 일그러뜨리지 않은 채 선 하나를 그었을 뿐이었다. 자신이 녹아들고 싶었던 것이다. 고통도 슬픔도 욕망도 모두 잊고 투명하게 보다 커다란 것에 푸근하게 안겨 그저 숨을 쉬고 싶었던 것이다. 그리고 결국 거의 성공에 도달했으리라. 그것은 다카하시 씨만도 아니고 정원만도 아닌 그 한가운데 장소에 불현듯 생겨났으리라. 식물하고만 지냈던 인생의 마지막 단계에서 그의 정신은 완성에 다가섰고, 그 무렵에는 이미 그런 것에도 미련을 떨쳤으리라. 그리고 후회 없이 여행을 떠났으리라.

한 바퀴 돌아 갓난아기 같은 기분으로. 갖가지 보물을 한아름 껴안고 떠난 것이다.

왜 온 생애를 바쳐 그런 일을 하고 싶었을까? 그것은 그가 자의식에서 해방되어 궁극의 행복을 음미하고 싶었기 때문이리라. 왜 인간은 자연을 모방하는가? 그것은 멋진 기억을 재현하고 싶어서도 아니고 인간이 우위라 여기고 싶어서도 아니다. 그것은 아마도, 이렇게 세계를 완벽한 선으로 그려 내는 어떤 존재에게 지복의 기도를 드리기 위함이었으리라.

자의식 없이 선 하나를 쓰윽 그었더니, 그것이 자연이 되었던 것이리라.

나는 화가는 아니지만 그 순간, 다카하시 씨의 기분에

동조했다.

그리고 하늘에 있을지도 모르는 그의 에너지에 나 또한 기도를 바쳤다. 눈을 꼭 감고 정성스럽게.

산속에서 눈을 감으면, 별이 움직이는 소리와 우주의 소리가 들릴 듯한 느낌이 든다. 그때도 그랬다. 멀고 한없는 존재가 내는 소리가 물소리에 섞여 물결치며 내게 와 닿았다.

'고마워요, 그렇게 대단한 것을 깨닫게 해 주어서 고마워요. 당신의 창조물이 나를 자극하고, 나를 바꿔 놓았습니다. 살아 있는 동안 만나지 못해 정말 안타깝군요.'

물론 바람도 별도 산 그림자도 대답하지 않았다. 다만 콸콸 흘러가는 물소리와 시원한 바람이 스치고 지나갈 뿐이었다.

옮긴이의 말

 '안드로메다 하이츠', '아픔, 잃어버린 것의 그림자 그리고 마법', '비밀의 화원'.

이렇게 멋진 제목들로 이어지는 『왕국』 시리즈는 1997년에 발표된 『암리타』처럼 아주 긴 소설입니다. 짤막한 장편을 주로 쓰는 요시모토 바나나에게는 그래서 더욱이 소중한 작품이지요.

2002년에서 2005년까지, 긴 시간을 두고 완성된 이 소설은, 작중 시간도 그만큼 천천히 흘러갑니다. 또 『암리타』에서 인간과 인간의 만남이 텔레파시나 염력의 작용처럼 아주 순간적으로 이루어졌던 것과는 달리 만나고, 인식하고, 수용하는 단계를 거쳐 꼼꼼하고 차분하게 진행됩니다. 많은 의미에서 서로 비교되는 『암리타』와 『왕국』은 전자가 바나나의 신비롭고 초자연적인 초기 세계를 집대성하는 작품이라면, 후자는 『암리타』의 맥을 이으면서도 중년이 된 바나나의 더욱 풍요롭고 너그러워진 세계를 만끽할 수 있는, 그리고 현대를 살면서 척박하고 메말라진 심성이 고된 여정 끝에 발견한 오아시스처럼 청량한 작품입니다.

소설은 앞이 잘 보이지 않는 점술가 가에데와, 약초차를 만들며 살다가 태어나고 자란 산에서 내려와 처음 사람 사는 세상에 발을 내디딘 시즈쿠이시의 우연한 만남으로 시작됩니다. 이 만남은 시간을 두고 천천히 우연에서 운명으로, 마치 나비가 애벌레에서 번데기로 그리고 허물을 벗고 나비로 새로이 태어나듯 탈바꿈하게 되지요.

물론 그 과정에는 다양한 인물들이 개재합니다.

우선 약초차의 달인이며 시즈쿠이시를 알게 모르게 훌륭한 어시스턴트로 훈련시킨 할머니, 가에데의 동성 애인이며 가에데의 사업(점을 보는) 경영을 도맡은 현실적인 인물 가타오카, 시즈쿠이시가 세상으로 나와 처음 사랑하게 된, 선인장과 언어와 마음을 나눌 수 있는 신이치로, 또 과거

가에데의 약혼자였으며 시즈쿠이시와 산에서의 만남으로 얽혀 있는 아쓰코, 신이치로가 최종적으로 선택한 비밀의 화원의 여자, 그리고 비밀의 화원의 창조자이며 죽고 없는 지금도 신이치로를 지배하고 있는 다카하시, 단골 술집의 아저씨와 아줌마.

이렇게 시즈쿠이시는 산과는 전혀 다른 세계인 인간 사는 세상에서 많은 사람들과 만나고 관계를 형성하면서 때로는 위태롭게, 때로는 아프게 운명적인 만남을 자각하고 인식하게 됩니다.

그리고 그 운명적인 만남이란 연애와도 다르고 일상적인 결혼과도 다른, 지극히 평화롭고 절대적인 조화를 이루고 있으며 끊임없이 서로의 삶 자체와 정신을 고양시키는 진정한 결혼, 즉 結魂입니다.

2008년 무르익은 봄
김난주

옮긴이 **김난주**

1987년 쇼와 여자대학에서 일본 근대문학 석사 학위를 취득했고, 이후 오오쓰마 여자대학과 도쿄 대학에서 일본 근대문학을 연구했다. 현재 대표적인 일본 문학 전문 번역가로 활동하며 다수의 일본 문학을 번역했다. 옮긴 책으로 요시모토 바나나의 『키친』, 『하드보일드 하드 럭』, 『하치의 마지막 연인』, 『암리타』, 『티티새』, 『불륜과 남미』, 『몸은 모든 것을 알고 있다』, 『허니문』, 『하얀 강 밤배』, 『슬픈 예감』, 『아르헨티나 할머니』, 『왕국』, 『해피 해피 스마일』, 『무지개』, 『데이지의 인생』, 『그녀에 대하여』 등과 『겐지 이야기』, 『모래의 여자』, 『가족 스케치』, 『훔치다 도망치다 타다』 등이 있다.

왕국 3
비밀의 화원

1판 1쇄 펴냄 2008년 5월 26일
1판 2쇄 펴냄 2008년 9월 24일
2판 1쇄 펴냄 2011년 3월 4일
2판 2쇄 펴냄 2018년 9월 5일

지은이 요시모토 바나나
옮긴이 김난주
발행인 박근섭, 박상준
펴낸곳 **(주)민음사**

출판등록 1966. 5. 19. 제16-490호
주소 서울특별시 강남구 도산대로1길 62(신사동)
  강남출판문화센터 5층(우편번호 06027)
대표전화 515-2000 | 팩시밀리 515-2007
홈페이지 www.minumsa.com

한국어 판 ⓒ **(주)민음사**, 2008, 2011. Printed in Seoul, Korea

ISBN 978-89-374-8186-4 (04830)
ISBN 978-89-374-8183-3 (전3권)